동성애 · 선한 분별

동성애 · 선한 분별

발 행	2020년 7월 27일
저 자	정민용
옮긴이	안상욱
펴낸이	한건희
디자인	정보미
펴낸곳	주식회사 부크크
등 록	2014.07.15. (제2014-16호)
주 소	서울특별시 금천구 가산디지털1로 119 SK트윈타워 A동 305호
전 화	1670-8316
이메일	info@bookk.co.kr

ISBN   979-11-372-1319-7

www.bookk.co.kr

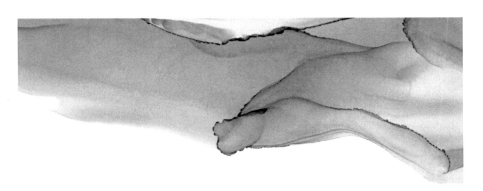

동성애
선한 분별

정민용 목사

Rev. Min J. Chung

안상욱 옮김

BOOKK

Sermon 1

동성애

　　그 누구도 동성애자나 이성애자로 태어나지 않습니다.

　　모든 사람은 단지 성적 존재로 태어날 뿐입니다.

Sermon 2

진리와 사랑으로
판단하는 법: 선한 분별

Sermon 1

동성애

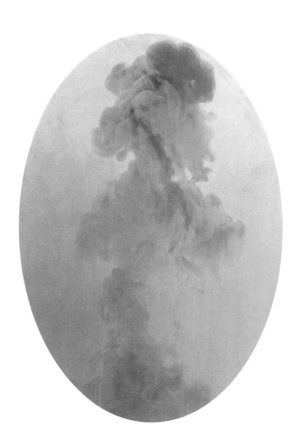

동성애

고전 6:9-11

9 불의한 자가 하나님의 나라를 유업으로 받지 못할 줄을 알지 못하느냐 미혹을 받지 말라 음행하는 자나 우상 숭배하는 자나 간음하는 자나 탐색하는 자나 남색하는 자나 10 도적이나 탐욕을 부리는 자나 술 취하는 자나 모욕하는 자나 속여 빼앗는 자들은 하나님의 나라를 유업으로 받지 못하리라 11 너희 중에 이와 같은 자들이 있더니 주 예수 그리스도의 이름과 우리 하나님의 성령 안에서 씻음과 거룩함과 의롭다 하심을 받았느니라

들어가며

　　캠퍼스 사역을 하는 30년 동안, 여러 가지 고심을 하면서 상담하고 보살피는 중에 다루게 된 주제입니다. 그래서 성경 말씀을 많이 읽고, 책도 많이 읽어야 했습니다. 동성애 문제가 미국에서는 심각합니다. 법이 바뀐 것 아시죠? 2015년 6월 26일 동성 결혼이 합법화되었습니다. 미국 연방 대법원에서 대법관들이 5대 4 의견으로 판결했습니다. 동성 커플이 미국 어느 곳에서든 결혼할 권리를 갖는다는 의미입니다. 이미 이 판결 이전에 36개 주에서 동성 결혼이 합법화된 상태였습니다. 그런데 이 판결로 나머지 14개 주에서도 동성 결혼을 법으로 허용하게 된 것입니다. 동성 결혼이 합법화된다는 것은 엄청난 일입니다. 미국 문화가 앞으로 훨씬 더 비성경적으로 바뀔 것입니다. 미국 문화가 바뀌면 세계 문화에도 영향을 미칠 것입니다. 미국을 안 좋아하는 나라들이 많습니다. 그래서 미국 사람들을 안 좋아하는데, 미국 문화는 아직도 좋아합니다. 따라서 미국의 이런 문화가 퍼지는 것은 시간문제입니다. 여러 가지 변수가 있겠지만, 한국의 문화도 미국처럼 변하는 것은 시간문제라고 생각합니다. 현재 청소년과 대학생 중에도 세임섹스 어트랙션Same Sex Attraction (SSA: 같은 성별에 성적으로 끌리는 것)으로 고민하는 이가 많이 있습니다. 여기 계신 분 중에도 분명히 있을 것입니다. 이와 관련한 상담과 대화를 많이 하고 있습니다. 그런데 현재 동성애는 상담의 이슈일 뿐만 아니라 운동Movement이 되고 있습니다. 그래서 오늘 그것에 관한 이야기도 나누려고 합니다.

본론으로 들어가기 전에 일단 동성애와 관련하여 몇 가지 영어 단어들과 용어들을 좀 알아야 하겠습니다. Sex(섹스) 이 말은 모두 아실 것으로 믿습니다. 성, 성관계라는 뜻입니다. Homosexual(호모섹슈얼)은 동성애자라는 말입니다. Heterosexual(헤테로섹슈얼) 이 말은 이성애자를 말합니다. 이성 간의 사랑을 하는 사람, 이성 관계를 갖기 원하는 사람을 의미합니다. LGBTQ Community라고 있습니다.

보통 Gay Community(게이 커뮤니티)라고 합니다. 성소수자(동성애자) 공동체를 말합니다. LGBT였다가 요즘은 Q까지 들어갑니다. 성소수자 공동체 LGBTQ에서 L은 lesbian(레즈비언), G는 gay(게이), B는 bisexual(바이섹슈얼), T는 transgender(트랜스젠더), Q는 queer(퀴어) 또는 questioning(퀘스처닝)을 뜻합니다. 거기에 Community(공동체)를 붙여서 'LGBTQ Community'라고 합니다.

조금 더 설명하면, **레즈비언**은 여자와 여자의 관계입니다. **게이**는 남성 동성애자를 의미합니다. 본래 동성애자를 뜻하는 대명사로 쓰였습니다. **바이섹슈얼**은 이쪽도 되고 저쪽도 되는 곧 남성 여성 둘 다 원하는 것을 의미합니다. 'bi'라는 접두어가 two(둘), both(둘 다)라는 뜻입니다. **트랜스젠더**(transgender)의 'gender'는 성별이라는 뜻이고, 'trans'는 성이 바뀌었다는 것을 의미합니다. '육체적인 성과 정신적인 성이 반대라고 생각하는 사람'을 지칭합니다. 형용사로는 '성전환의'라는 말입니다. 요즘은 '성전환자'의 의미로 두루 쓰이는 것 같습니다. 실제 미국에서는 남자를 여자로, 여자를 남자로 바꾸는 수술을 상당히 많이 하고 있습니다.

브루스 제너와 케이틀린 제너라는 사람이 있습니다. 사실 이 두 이름은 같은 사람입니다. 브루스 제너는 1976년 몬트리올 올림픽 10

종 경기에서 우승한 금메달리스트입니다. 그런데 평생 자기 속에 여자가 살았다면서 2015년 4월 24일 TV 인터뷰에서 자신이 트랜스 여성임을 알렸고, 같은 해 6월 1일 공식적으로 케이틀린 제너라는 이름을 대중에 공개했습니다. 성전환자 공동체에서는 영웅 같은 존재입니다. 저희 교회(CFC)에도 성전환 과정에 있는 사람들이 있습니다. 호르몬을 조절해 가면서 성을 바꾸고 있는 것입니다. 본인이 잘못된 것을 알고 있고, 교회에서 사랑으로 권면과 조언을 해주지만 돌이키지 않고 바꾸는 과정에 있는 분들이 있습니다. 저희 교회가 이상한 교회가 아닙니다. 괜찮은 교회 안에도 있습니다. 한편 성전환 수술을 하고 시간이 지나 후회하는 경우도 요즘 많이 생기고 있습니다.

'퀴어 또는 퀘스처닝'에서 **퀴어**는 요즘 많이 들어보셨을 것입니다. 20세기 이전에는 동성애자란 의미로 쓰였는데, 요즘은 동성애자들이 자신을 드러내면서 스스로 지칭할 때 많이 씁니다. **퀘스처닝**, 자신이 조금이라도 '그런가?' 하며 생각하는 사람들을 보고 게이 커뮤니티에서는, "맞아, 너는 게이야!"라고 말합니다. 조금이라도 '그런가?'라고 생각하는 사람들을 퀘스처닝이라고 하여 성소수자(동성애자) 공동체의 일원으로 여깁니다. 그런데 일반적으로도 사람이 그럴 때가 있습니다. 남자가 남자를 여자가 여자를 감정적으로 얼마든지 좋아할 수가 있는데 그럴 때 무조건 퀘스처닝(Questioning)이라고 하기도 합니다. '아마 동성애' 뭐 이런 뜻의 라벨을 붙여줍니다. '질문하고 있다' 그런 뜻입니다.

Bestiality(베스티앨러티)라는 단어가 있습니다. '수간'이라는 말입니다. 동물과 성관계하는 것이나, 동물과 성관계하기 원하는 것을 말합니다. 성경에도 금지 명령이 있습니다. 짐승과 행음하는 자는 반드시 죽일지니라 출 22:19 Pedophile(페도파일)은 소아성애자를 말합니다. 'Pedo'는 어린아이를 뜻하고, 'phileo'에서 나온 '사랑한다'라는 뜻의 'phile'이 결합한 단어입니다. 어른인데 어린아이와 성관계를 원하는 사람입니다. 아이들을 성적 대상으로 삼아 성관계를 원하는 사람들이 있습니다. Monogamy(모노가미)는 일부일처를 말합니다. 한 남편에 한 아내만 두는 결혼 제도입니다. 그런데 동성 결혼을 원하는 이들도 이 단어를 씁니다. Polygamy(폴리가미)는 결혼을 두 사람 이상과 하기 원하는 것, 일부다처를 말합니다. Pansexual(팬섹슈얼)은 범성욕주의, 즉 성관계 대상을 그 누구라도 가리지 않습니다. 남녀노소의 사람은 물론이고 동물이라도 상관없습니다. "범성욕주의자가 될 가능성이 있다"라고 말한다면 대상이 누구든 상관없이 성 욕구를 가질 수 있다는 말입니다. 어느 쪽으로든 성적 욕구가 향할 수 있다는 뜻입니다 .

꼭 알아야 하는 용어가 있습니다. **SSA**(Same Sex Attraction) 입니다. '같은 성별에 성적으로 끌리는 것'을 말합니다. 아직 동성애 행위를 하지 않아도 '동성과 관계를 원하는 욕구가 있다. 또는 동성에게 성적으로 매력을 느껴 끌리는 마음이 있다.' 이럴 때 'Same Sex Attraction'이 있다고 합니다. 이런 경우는 상당히 많습니다. 교회에도 많이 있습니다. SSA는 당장 생길 수도 있고, 잠깐 있을 수도 있습니다. 남자인데 예쁜 남자가 있습니다. 그리고 남성적인 여자도 있습니다. 그런데 이런 동성에 대해 끌리는 무언가가 있다고 말하면 금방 "너는 동성애자다"라고 라벨을 붙이는 경우가 있습니다. SSA(Same Sex Attraction), 요즘 문화를 이해하는데 이 용어가 매우 중요합니다. 그리고 **Homophobic**(호모포빅)이란 단어가 있습니다. 이 단어도 중요합니다. 'phobia'란 말은 공포증이란 말입니다. 그래서 동성애 공포증을 '호모포비아(Homophobia)'라고 합니다. 호모포비아는 동성애 공포증과 더불어 동성애 혐오증이라는 뜻도 가지고 있습니다. 실상 공포증과 혐오증은 동전의 양면처럼 붙어 있기도 합니다. 동성애를 혐오하고 배척하는 마음이 특정한 환경에서는 두려움으로 나타납니다. 또한 동성애를 두려워하는 사람이 혐오감을 드러내기 때문에 같은 단어를 쓰는 것 같습니다. 호모포비아(Homophobia)의 형용사가 호모포빅(Homophobic)인데, 요즘은 호모포빅이 '동성애 공포증(혐오증)이 있는 사람'이라는 뜻으로 쓰이고 있습니다. 그런데 동성애에 조금만 반대하거나 싫어해도, 예를 들어 "동성애는 좀 잘못됐다." 뭐 그런 말만 해도 무조건 동성애 커뮤니티에서는 호모포빅이라고 말하는 경향이 있습니다. 단지 동의하지 않는다고만 의사를 표현해도 '동성애자를 무서워한다. 동성애자를 혐오한다.' 그런 뜻으로 호모포빅이라고 합니다. 그래서 이 단어를 알 필요가 있습니다. 조금만 부정적인 이야기를 해도 호모포빅이라고 하니까 저 보고는 무조건 호모포빅이라고 합니다.

동성애에 관해 나누고 싶은 내용이 참으로 많습니다. 가능한 한 여러 가지 말씀을 드리겠습니다. 다섯 개의 단락으로 나누어 살펴보겠습니다.

첫 번째, 동성애에 관한 오해와 성경적 이해,

두 번째, 동성애에 대한 성경 말씀,

세 번째, 동성애 욕구의 근원: 선천적 또는 후천적?,

네 번째, 동성애 운동의 위험성과 우리의 할 일,

다섯 번째, 목회적 권면입니다.

I. 동성애에 관한 오해 **와 성경적 이해**

동성애에 관한 일반적인 오해 네 가지가 있습니다.

1. 동성애자는 '그들'이지 '우리'는 아니다 ?

이에 관해 성경이 말씀하는 것을 찾아보겠습니다.

[9] 불의한 자가 하나님의 나라를 유업으로 받지 못할 줄을 알지 못하느냐 미혹을 받지 말라 음행하는 자나 우상 숭배하는 자나 간음하는 자나 탐색하는 자나 남색하는 자(homosexual)나 [10] 도적이나 탐욕을 부리는 자나 술 취하는 자나 모욕하는 자나 속여 빼앗는 자들은 하나님의 나라를 유업으로 받지 못하리라 고전 6:9-10

이 말씀을 보면 동성애자를 다른 모든 죄인과 마찬가지 죄인으로 함께 취급하고 있습니다. 우리 모두가 그 안에 있고 바로 '나'도 있습니다. 그러므로 성경 말씀에 따르면 동성애자는 '그들'이 아니고 '우리'입니다. '그들'이지 '우리'가 아니라는 생각은 오해입니다. 성경에 의하면 동성애자는 우리의 일부입니다. 그래서 이제 설교할 때 우리 안에 있는 사람으로 말할 것입니다. 동성애자나 동성애의 욕구를 가진 누구라도 '우리'에서 제외하지 않을 것입니다. 어쩔 수 없이 설교에서 문자적으로 '그들'이라고 표현할 것입니다. 그러나 마음에서 정죄하며 '그들'이라고 분리하지 않겠다는 뜻입니다. 성경에 따르면 우리는 모두 죄인입니다. 동성애자들의 공동체인 LGBTQ Community에 속했다는 이유로 우리 안에서 제외하지 않을 것입니다. 어느 누구도 제외되지 않습니다.

저는 동성애 주제에 대해 성경 말씀을 따라 객관적이고 편견 없이 이야기할 것입니다. 그러나 전하는 내용에 동의하지 않을 분도 있다는 것을 압니다. 부디 마음을 여시고 끝까지 들어주시기 바랍니다.

지금까지 30년간 저희 교회(CFC) 사역 중 경험하고 있는 분명한 사실입니다. 일종의 동성애 욕구를 가진 사람들, 같은 성별에 성적 매력을 느끼는 사람들, 포르노그래피로 고민하는 사람들, 동성애와 관련된 어떤 문제를 가진 사람들, 그 밖의 성적인 문제로 고심하는 사람들이 있습니다. 여러분 중 많은 분도 이런 종류의 문제와 싸우고 있을 것입니다. 따라서 오늘의 주제는 일부의 문제가 아니라 더욱 우리의 문제입니다. 이 시간 동성애를 성경에 비추어 설명하는 이유는 누군가를 정죄하려는 것이 결코 아니고 올바른 분별을 위함입니다. 성경이 말씀하는 주제이기 때문입니다. 그것이 21세기를 사는 우리의 복음 증거에 영향을 미칩니다. 누구도 비난하려는 것이 아니라 소망을 주기 위함입니다. 누군가 이와 싸우고 몸부림치고 있다면 그에게 소망을 주기 위함입니다. 그리고 여러분이 섬기고 사역할 때 누군가에게 소망을 줄 수 있기를 원하기 때문입니다. 이 시간 이후에는 그 어떤 동료 죄인이라도 무시하지 마시길 기도합니다. 우리는 각자 특별한 죄와 싸우고 있습니다. 그러므로 무엇에든 농담 삼아 웃는다거나 비슷한 종류의 실수를 하지 마시길 부탁드립니다. 어떤 비하적 용어나 명칭을 부르지 마시기 바랍니다. 우리는 관련된 죄인으로서 참여해야 합니다. 우리는 모두 다른 죄인들과 마찬가지의 죄인일 뿐입니다. 그리고 우리는 서로 잘 아는 사람들끼리만 사랑하는 것이 아니라 사역하면서 만나는 교회 안팎의 모든 사람을 사랑해야 합니다. 그렇게 되기를 소망하며 저는 기도합니다. 이제 우리는 동성애자가 그들이 아니라 우리의 일부라고 분명히 할 것입니다. 우리의 부분이 되어야만 합니다. 그래야 그들이 슬퍼하지 않을 수 있습니다.

우리는 모두 죄인이며 각자 범하는 죄의 종류가 다른 것입니다.

우리는 동성애가 죄라는 사실을 생각할 때 다른 죄들을 함께 떠올리지 못합니다. 고린도전서 6장 9-10절을 다시 보겠습니다.

[9] 불의한 자가 하나님의 나라를 유업으로 받지 못할 줄을 알지 못하느냐 미혹을 받지 말라 음행하는 자나 우상 숭배하는 자나 간음하는 자나 탐색하는 자나 **남색하는 자**나 [10] 도적이나 탐욕을 부리는 자나 술 취하는 자나 모욕하는 자나 속여 빼앗는 자들은 하나님의 나라를 유

업으로 받지 못하리라 _{고전 6:9-10}

여기서 '남색하는 자'는 동성애 행위에 대한 말씀입니다. 우리가 범하는 죄악들이 다 나열되었는데 동성애도 그중 하나의 죄라는 것입니다. 또한 분명한 것은, 우리는 모두 죄인이며 각자 범하는 죄의 종류가 다를 뿐이라는 것입니다. "동성애를 하면 지옥 간다"라고 말하는 분도 있습니다. 그런데 "… 하나님의 나라를 유업으로 받지 못하리라" 고전 6:10 라는 말씀에 따르면 동성애자들뿐만 아니라 고린도전서 6장 9-10절에 나오는 죄악들에 걸리는 모든 사람이 마찬가지로 지옥을 가야 합니다. 일례로 '탐욕을 부리는 자'를 생각할 때, 탐욕으로 지옥 간다면, 아직 행위로 죄를 짓기 전일지라도 무언가 욕심을 내어 원하는 것이 있으면 지옥에 간다는 말입니다. 고린도전서 6장 9-10절 말씀은, 범한 죄의 종류와 상관없이 우리는 모두, 그리스도가 없다면 결국 지옥에 갈 수밖에 없는 존재라는 의미입니다. 각종 죄들 중의 하나가 동성애라는 것을 말씀하시는 것입니다.

2. 동성애자들은 우리보다 훨씬 더 악한 사람들이다 ?

　동성애 욕구가 없는 많은 사람이 이렇게 생각합니다. 그래서 만약 자신의 마음속에 일종의 동성애적 경향의 죄가 생긴다면 그것은, 예를 들어 다른 사람의 소유를 탐내는 죄보다 훨씬 큰 죄라고 생각합니다. 그렇지 않습니다. 동성애자들이 다른 죄인들보다 범죄의 성질이 더 나쁜 죄인들이라고 말할 수 없습니다.

　[9] 불의한 자가 하나님의 나라를 유업으로 받지 못할 줄을 알지 못하느냐 미혹을 받지 말라 음행하는 자나 우상 숭배하는 자나 간음하는 자나 탐색하는 자나 남색하는 자(homosexual)나 [10] 도적이나 탐욕을 부리는 자나 술 취하는 자나 모욕하는 자나 속여 빼앗는 자들은 하나님의 나라를 유업으로 받지 못하리라 고전 6:9-10

　여기 쭉 보면 그냥 여러 가지 죄 중 하나입니다. 우리가 짓는 죄들이 많이 있습니다. 음행, 우상 숭배, 간음, 정욕, 도적, 탐욕, 술, 모욕, 속여 빼앗음 등과 나는 상관없다고 말할 수 있는 사람이 없습니다. 그렇다면 우리도 다 똑같은 죄인입니다. 이 말씀에 더 큰 죄부터 작은 죄까지 어떤 등급별로 나열되어 있지 않고, 그냥 여러 가지 죄 가운데 동성애자가 들어가 있는 것입니다. 동성애자가 음행하는 자, 간음하는 자와 더불어 언급되면서 다른 종류의 성적 욕구로 죄를 범한 자와 동일하게 하나님의 나라를 유업으로 받지 못한다고 말씀합니다. 달리 취급될 죄인이 아니라는 말씀입니다. 우리와 같은 죄인입니다. 바로 당신과 같습니다. 당신이 혹시 동성애 욕구와 싸우고 있다고 해도 하나님 앞에서는 저 역시 당신과 마찬가지로 죄악됩니다. 반대로 당신도 저와 마찬가지로 악한 것입니다. 우리는 그저 동료 죄인들입니다. 동성애자들이 나보다 더 악한 특별한 죄인들이 아닙니다. 만약 당신이 동성애 욕구가 전혀 없다 해도 동성애자들과는 다른 종류의 죄를 가진 똑같은 죄인일 뿐입니다. 동성애가 더 나쁜 죄라고 말할 수 없습니다. 우리는 다 지옥 갈 죄인입니다.

그런데 하나님께서 우리의 모든 죄를 예수 그리스도의 피로 씻어주실 수 있습니까? 있습니다. 동성애도 용서받을 수 있습니다. 탐욕이 용서받을 수 있는 것처럼 용서받을 수 있습니다. 예수 그리스도는 모든 죄보다 강하시기 때문입니다. 동성애자들의 죄질이 더 나쁘다고 말할 수 없습니다. 우리가 사는 사회의 가치관에 따라 혹시 이 죄가 저 죄보다 나쁘다는 생각이 있을 수 있습니다. 그러나 우리가 범하는 죄는 사람에게 짓는 죄일지라도 결국 하나님께 짓는 죄인데 하나님께는 그 어떤 죄도 영원한 형벌을 내리셔야 할 죄인 것입니다. 하나님은 영원히 그리고 무궁무진하게 거룩하신 분이시기 때문입니다. 우리가 아주 조

그만 죄를 범한다 하더라도 그것은 흠 없이 거룩하신 하나님을 영원히 공격하는 것입니다. 그래서 영원한 심판을 받는 것입니다. 따라서 하나님의 심판 앞에 있는 우리는 명백한 죄인이기 때문에, 마치 내가 심판자인 듯이 나와 타인의 죄의 경중을 따지는 것은 의미가 없습니다. 마치 바퀴벌레들이 내 날개가 더 길다 짧다 싸울 때 사람이 밟아버리면 끝나는 것과 마찬가지입니다. 거룩하신 하나님께서 보실 때, 우리의 죄는 그 어떤 죄라도 영원히 형벌을 받아 마땅한 죄라는 점에서 마찬가지 죄입니다. 동성애자는 더욱 나쁜 죄인이 아니라 다른 종류의 죄를 가진 존재일 뿐입니다.

물론 우리가 죄를 범할 때 죄의 무겁고 가벼움이 없다는 말이 아닙니다. 상대적으로 더 악한 죄, 더 중한 죄를 범할 수 있습니다. 같은 종류의 죄를 더 크고 악하게 범하기도 합니다. 여러 가지 많은 죄를 범할 수도 있습니다. 더 자주 죄를 범할 수도 있습니다. 고질적인 범죄도 많습니다. 그래서 예수 그리스도로 거듭난 사람이라면 하나님의 뜻대로 성화의 삶을 살도록 애써야 합니다. 영적으로 매일 성장해야 합니다.

세상에서는 같은 죄라도 나라마다 그 죄의 가볍고 무거움의 정도를 달리 해석하는 것 같습니다. 미국의 경우 성적인 죄를 매우 큰 범죄로 보는데 다른 나라에서는 성적인 죄보다 큰, 다른 범죄가 있을 수 있습니다. 사회와 문화의 가치관을 반영하는 영화를 비교해보겠습니다. 유럽 영화는 상대적으로 성적인 장면 묘사가 상당히 자유롭습니다. 반면 미국 영화에 흔하게 나오는 폭력 장면은 잘 안 나오는 편입니다. 폭력에 관한 범죄를 더욱 큰 해악으로 여기는 사회 문화적 인식이 있지 않나 생각합니다. 미국 영화는 폭력이 난무하는 것에 비교하면 성적인 것은 정도가 덜합니다. 어른들이 보는 영화에서도 R 등급을 넘는 X 등급이 전체 영화 편수에 비하면 많이 나오지 않습니다. 문화마다 더 나쁘게 보는 행위에 차이가 있다고 생각합니다. 그러므로 우리는 세상적 기준과 철학을 기초로 만든, 개인의 가치관과 편견으로 선과 악의 기준을 세우고 다른 사람을 판단하며 정죄하면 안 됩니다. 성경 말씀에 순종하여 함부로 정죄하지 않으려면, 거룩하신 하나님 앞에서 우리는 다 같은 죄인임을 먼저 고백하는 것입니다.

우리의 죄를 판단하시고 심판하실 유일한 분은 하나님이십니다.

하나님은 모든 행위와 모든 은밀한 일을 선악 간에 심판하시리라

전 12:14

네가 말하기를 나는 그것을 알지 못하였노라 할지라도 마음을 저울

질 하시는 이가 어찌 통찰하지 못하시겠으며 네 영혼을 지키시는 이
가 어찌 알지 못하시겠느냐 그가 각 사람의 행위대로 보응하시리라
잠 24:12

감추인 것이 드러나지 않을 것이 없고 숨긴 것이 알려지지 않을 것이
없나니 눅 12:2

지으신 것이 하나도 그 앞에 나타나지 않음이 없고 우리의 결산을 받
으실 이의 눈앞에 만물이 벌거벗은 것 같이 드러나느니라 히 4:13

마지막 날 하나님의 심판대 앞에 설 우리는 모두, 위와 같은 성경
말씀을 볼 때 죄를 짓지 않도록 더욱 노력해야 합니다. 매 순간 죄를
짓지 않도록 하나님께 은혜를 구해야 합니다. 그리고 매일 하나님 말씀
앞에서 자신의 크고 작은 죄를 회개해야 합니다. 죄를 범할 때마다 회
개에 민첩하고 날마다 성화의 삶을 위해 기도해야 합니다. 그런데 아무
리 성장한다 하더라도 같은 죄인인 내게 심판의 자격은 없습니다. 다른
사람의 죄의 크기와 무게를 판단하여 정죄하는 것은 혹이라도 주의 일
을 돕는 것이 아니라 그저 한 가지 죄를 더할 뿐입니다.

물론 우리는 성경 말씀을 배워 모든 죄악을 올바로 분별하고 경

계해야 합니다. 이세벨이나 골리앗과 같이 하나님을 현저하게 대적하고 하나님의 교회를 훼방하며 복음을 방해하는 자들과 세력들에 대해서는 하나님께 간절히 기도하며 능력을 구하고 지혜롭게 대처해야 합니다. 그런데 크리스천의 삶에서 죄악을 경계하기 위해 하나님의 말씀을 전하며 사랑으로 권면하고 경고할 수는 있지만 마음속에서 정죄하고 심판하면 안 됩니다.

하나님 보시기에 같은 죄인이라는 것은 또한 그 어떤 죄라도 하나님으로부터 용서받을 수 있는 죄라는 뜻입니다. 동성애가 다른 죄보다 용서받기 어려운 죄가 아닙니다.

3. 동성애자들은 특수한 정체성을 가진 사람들이다 ?

　동성애 행위를 하는 사람을 정체성으로 알고 오늘 본문을 읽는다면, 동일선상에 나열되고 있는 다른 죄인들, 곧 음란, 간음, 우상 숭배, 도적의 행위를 하는 자들도 마찬가지로 다른 정체성이어야 하는데 그렇지 않습니다. 고린도전서 6장 9절에 따르면 이는 정체성에 대한 것이 아니라 다른 종류의 죄악, 행실, 선택에 대한 것입니다. 당신이 스스로 동성애자라고 부르며 라벨을 붙일지라도 절대로 정체성이 될 수 없습니다. 성경적 관점에 따르면 사람은 훨씬 더 큰 존재 의미를 가지고 있습니다. 오늘의 구절을 비롯하여 성경 말씀을 볼 때, 우리는 모두 지옥 가기에 마땅한 자들입니다. 그러나 하나님의 은혜로 그리스도를 소유했다면 예수 그리스도 안에서 '지옥 가기에 마땅한 자'라는 사실을 기쁘게 말할 수 있습니다. 아직 그리스도를 소유하지 못했을지라도, 사람은 하나님의 형상을 따라 창조되었습니다. 새겨진 하나님의 형상이 있습니다. 앞으로 그리스도를 소유하여 모든 크리스천들과 함께 하나님을 영화롭게 하고, 하나님을 예배할 수 있는 가능성을 가졌다는 것을 의미합니다. 그리고 그 형상을 따라 아름다워질 수 있는 가능성을 가진 존재입니다. 이런 뜻에서 이 세상에 인간보다 더한 가능성을 가진 다른 피조물은 없습니다.

동성애 욕구와 싸우는 많은 사람이, 동성애는 단순한 행위를 넘어 자신에게 훨씬 더 큰 의미가 있다고 느낍니다. 성적인 욕구들이 존재의 모든 본질과 연결되어 있기 때문입니다. 본래 하나님은 부부 사이의 사랑의 연합으로 삼위일체 하나님의 극치의 사랑의 연합을 그리도록 하셨습니다. 그런데 부부의 연합에 있어서 성적 결합은 포괄적이고 전체적인 결합을 상징합니다. 이처럼 하나님께서 주신 섹스는 놀라운 영적 기능이 있습니다. 또한 하나님은 섹스 자체가 정체성은 아니지만 실제 섹스가 우리의 정체성과 관련되어, 강력하게 나 자신이 드러나도록 의도하시고 디자인하셨습니다. 따라서 우리는 하나님 앞에서 성적 욕구와 섹스에 관해 그 무엇보다 성결한 태도를 가져야 하며 그렇게 살아야 할 것입니다.

이와 같이 성적 행위는 당신이 누구인가와 관련되어 있습니다. 그러나 그것 자체가 당신이 누구라는 것을 의미하지는 않습니다. 성적 행위가 당신의 정체성은 아니라는 말입니다. 야구에서 투수가 공을 던질 때, 몸에 연결된 팔이 공을 던지지만 그 팔은 그냥 팔입니다. 팔 자체가 당신이 누구인지를 의미하는 것이 아닙니다. 팔은 몸에 연결된 것이고 그 팔이 투수의 존재 그 자체가 아닙니다.

우리가 동성애를 마치 정체성인 듯이 표를 붙이지만 성경적 관점에 따르면, 그것은 한 사람의 일부분일 뿐이지 하나님이 지으신 그 사람 정체성의 필수 요소가 아닙니다. 누군가 만약 어려서 남의 것을 한 번 훔쳤을 때 그것으로 남은 인생 전체를 도둑이라는 정체성으로 살아야 하는 것이 아닌 것과 같습니다. 사람의 정체성은 '그가 무엇을 했는가?'만으로 규정되는 것이 아닙니다. 더욱이 그가 무언가 한 번 한 것으로 규정되는 것이 아닙니다. 성경 말씀을 볼 때, 하나님은 거의 항상, 사람에 대해, 그들이 앞으로 될 모습 그리고 변화되고 있는 존재로 호명하십니다. 크리스천이라도 우리가 하는 너무 많은 것들이 여전히 죄입니다. 크리스천이 아닌 것처럼 살기도 합니다. 그래도 하나님은 예수 그리스도 안에서 우리를 '거룩한 신자'^{성도}라고 부르십니다. 예수 그리스도 안에서 우리를 의롭게 하셨기 때문입니다. 그래서 지금 우리는 그리스도를 닮아가고 있습니다.

오늘 본문을 보면 오직 두 개의 정체성만 있습니다. '불의한 자' 그리고 '의로운 자'입니다. 고린도전서 6장 9절은 말합니다. '불의한 자' 그리고 11절에 '이와 같은 자' 곧 '씻음과 거룩함과 의롭다 하심을 받은 자' 그래서 '의로운 자'를 말합니다. **불의한 자, 의로운 자** 이것이 **정체성**^{identity}입니다. 나열된 죄인들은, 죄를 범할 때, '우리가 어떤 죄를 짓는가?'하는 구체적인 예들일 뿐입니다. 이제 우리는 그리스도 안에서 의로운 자들이 되었습니다. 우리의 의는 그리스도의 의이기 때문입니다. 모든 죄를 씻으셨습니다. 그리스도 안에서 우리는 믿음으로 거룩해졌습니다. 예수 그리스도의 이름으로, 성령님의 인도하심으로 하나님께 의롭다 하심을 입었습니다. 따라서 동성애는 특수한 사람의 정체성이 아닙니다. 정체성이라는 생각은 오해입니다. 우리는 모두, 원래 불의한 사람들입니다. 그러나 이제 예수 그리스도 안에서 의로운 자라는 새로운 정체성을 가졌습니다. 그리스도를 믿기만 하면 됩니다. '동성애자'는 하나님이 주신 정체성이 아닙니다. 굳이 정체성이라고 주장한다면 그것은 사람이 만든 정체성입니다. 여러분 중에 많은 분이 '컵스 팬(Cubs Fan)'^{야구팀 시카고컵스의 팬}, '맥 유저(Mac User)'^{맥북이나 아이패드 사용자} 등으로 자신을 말한다는 것을 압니다. 그것은 하나님이 주신 정체성과 다른 종류의 정체성입니다. 사람이 만든 것들입니다. 그럼에도 불구하고 이것이 진정 자기 정체성이라고 느끼는 분들도 있다는 것을 압니다. 그러나 사람이 만든 정체성일 뿐입니다. 생물학적 행동에 대해서는 조금 있다가 이야기할 것이지만 '행위'가 인종과 같은 정체성은 아닙니다. 성경에 흑인, 백인, 황인 등 인종 자체에 관한 금지 명령은 없습니다. 일례로, "다 좋은데 백인은 빼라!" 이런 명령은 없습니다. 인종은 하나님이 주신 정체성입니다. 그러나 특정한 행위를 금지하는 말씀이 있다는 것은 하나님 말씀에 순종하여 그 행위를 하지 않는 사람으로 변화될 수 있다는 것을 의미하며, 곧 그 행위는 바꿀 수 없는 정체성이 아니라는 것을 보여줍니다.

4. 동성애는 변화될 수 없다 ?

고린도 교회에 동성애자들이 있었습니다.
너희 중에 이와 같은 자들이 있더니 고전 6:11

성경에 따르면 변화될 수 있습니다.
주 예수 그리스도의 이름과 우리 하나님의 성령 안에서 **씻음과 거룩함과 의롭다 하심을 받았느니라**

고린도 교회의 교인들에게 성적인 부도덕이 많다는 것이 알려져 있었습니다. 많은 사람이 이와 싸우고 있었습니다. 그랬던 교회에 변화가 일어나고 있었습니다.

구속의 역사 속에 확실한 증거들이 이어지고 있음을 우리는 압니다. 우리는 하나님을 믿고 하나님의 능력을 믿습니다. 하나님은 자신의 형상을 따라 우리를 창조하셨습니다. 그런데 우리는 타락했습니다. 그러나 사랑의 하나님은 우리를 예수 그리스도 안에서 구속하시고 우리를 회복시키고 계십니다. 바로 지금도 계속 일하고 계십니다. 이것은 교회 역사의 진실이자 고린도 교회의 진실입니다. 저희 교회 성도 중에도 변화되고 있는 분들이 있습니다. 이미 극복한 분들도 있다는 뜻입니다. 이와 같은 증거는 고린도 교회의 역사적 진실이며, 구속사의 진실입니다. 역시 저희 교회 역사의 진실입니다. 저는 많은 사람과 상담했습니다. 동성애 욕구와 싸우는 모든 유형의 동성애자들, 동성에게 끌리는 욕구와 싸우는 다른 유형의 사람들과도 많은 상담을 했습니다. 아주아주 많은 사람과 상담을 했습니다. 그중 정말 많은 사람이 극복했습니다. 많은 사람이 결혼했습니다. 그리고 아직 투쟁 중인 사람들이 있습니다. 대항하여 싸우고 있습니다. 이성애자들이 각종 성적 욕구들, 성적 열망과 싸우고 있는 것과 마찬가지입니다. 많은 사람이 여전히 싸우고 있고 전쟁 중입니다. 쉽지 않지만 극복하는 과정에 있습니다.

우리의 마음은 지난 삶 속에서 있었던 즐거움들을 기억합니다. 즐거움이 없을 때마다 과거의 경험 중 기억하는 가장 큰 즐거움을 떠올립니다. 기억하는 장면의 짜릿했던 쾌락과 즐거움이 떠오릅니다. 그래서 극복하는 과정이 순탄치 않습니다. 그러나 우리는 여전히 극복할 수 있습니다. 극복이란 것이 그런 것들에 대해 한 번에 완전히 잊어버릴 수 있다는 것을 의미하는 것은 아니기 때문입니다. 우리는 지금도 극복하는 과정 중에 있습니다. 저희 CFC를 포함하여 현대 많은 교회의 역사가, 고린도 교회의 역사가, 예수 그리스도의 구속사가 확실히 보여줍니다. 이렇게 변화될 수 있는 가능성이 모든 사람에게 있습니다.

II. 동성애에 관한 성경 말씀

동성애를 옹호할 때 적지 않은 사람들이 오히려 성경을 사용합니다. 그러나 성경은 다른 죄악들에 대해 명백히 말씀하시는 것처럼, 동성애도 죄악이라고 명백히 말씀합니다.

고린도전서 6장 9절에서 말씀하는 동성애의 죄가 레위기 18장 22절에도 나옵니다. "너는 여자와 동침함 같이 남자와 동침하지 말라 이는 가증한 일이니라" 동성애에 관해 명백히 나오고 있습니다.

누구든지 여인과 동침하듯 남자와 동침하면 둘 다 가증한 일을 행함 인즉 반드시 죽일지니 자기의 피가 자기에게로 돌아가리라 레 20:13

성경에서 어떤 죄는 죽이라고 하셨습니다. 성경 말씀을 볼 때, 구약 시대라 할지라도 특별히 그 죄가 복음 전파와 관련이 되어 있을 때는 꼭 죽이라고 말씀하셨다고 저는 믿습니다. 사람을 쳐 죽인 자, 부모를 치는 자, 부모를 저주하는 자, 사람을 납치 매매하거나 납치 후 수하에 두는 자, 안식일을 더럽히는 자, 안식일에 일하는 자, 우상을 섬기는 자, 수간하는 자, 남의 아내와 간음하는 자, 아버지의 아내와 동침하는 자, 며느리와 동침하는 자, 남자와 동침하는 남자, 접신한 박수무당, 여호와의 이름을 모독하는 자를 반드시 죽이라고 하십니다. (출 21, 22, 31; 레 20, 24; 민 35 참조)

하나님의 사랑을 나타내는 부모를 거역하여 결국 하나님이 내신 권위와 근원에 대적하는 죄, 성경적 결혼 관계 외의 성관계를 말하는 간음죄, 타인의 가정과 관계를 깨는 납치 죄, 타락한 인류의 우상 숭배, 영적 간음의 대표적 상징인 박수무당, 그리스도의 구속을 통한 새 창조를 기념하는 주일로 이어질 안식일을 범하는 죄 등은 모두 사랑과 언약의 하나님을 무시한 범죄이며, 영원한 형벌이 마땅한 타락한 인류를 구속하신 그리스도의 사랑, 곧 복음과 복음을 나타내는 것을 훼방

합니다.

그러므로 우리를 사랑하셔서 구속하시기로 작정하신 언약의 하나님은 우리에게 사형으로 영원한 형벌을 경고하십니다. 따라서 의도적으로 다른 사람의 목숨을 빼앗는 자도 복음을 방해합니다. 심판은 오직 하나님께 속한 것입니다.

예수 그리스도가 오셔서 십자가로 우리를 구원하신 지금은 구약 시대의 죽이라는 말씀에 따라 죄인을 죽여야 하는 때가 아니고, 그 정도로 그 죄가 복음과 관련되어 있다는 것을 알려줍니다. 동성애도 복음을 나타내는 것을 방해한다는 것입니다.

구약에서 하나님이 사형을 명령하시는 것은 결국 영원한 죽음을 경고하는 것입니다. 육체적인 죽음은 영원한 죽음을 나타냅니다. 회개하지 않으면 직면할 영원한 죽음을 보여줍니다.

죄의 결과는 단지 일시적이지 않습니다. 죽음은 하나님을 거역하여 영원 형벌에 이를 수밖에 없는, 범죄한 인류의 근본적인 결말을 경고합니다.

²⁶ 이 때문에 하나님께서 그들을 부끄러운 욕심에 내버려 두셨으니 곧 그들의 여자들도 순리대로 쓸 것을 바꾸어 역리로 쓰며 ²⁷ 그와 같이 남자들도 순리대로 여자 쓰기를 버리고 서로 향하여 음욕이 불 일듯 하매 남자가 남자와 더불어 부끄러운 일을 행하여 그들의 그릇됨에 상당한 보응을 그들 자신이 받았느니라 롬 1:26-27

여기서 '순리대로(naturally)'는 '하나님의 명령대로'의 뜻입니다. '순리대로 여자 쓰기를'이란 말은 성관계를 말합니다. '부끄러운 일'은 동성의 성관계를 말합니다. 게이 야동을 보면 이런 모습이 나오는데, 이것이 로마 시대에도 있었습니다.

미국에서는 스스로 동성애 크리스천이라고 말하는 사람들이 있습니다. 말하는 것만 보면 정말 크리스천인 것 같이 보이는 경우도 있습니다. 크리스천이라고 말하며 동성애를 지지하는 책을 쓴 사람들도 있습니다. 그중 매튜 바인즈(Matthew Vines)의 "하나님과 동성애 크리스천: 동성애 지지를 보여주는 성경의 사례(God and the Gay Christian: The Biblical Case in Support of Same Sex Relationships)"라는 책은 유명해졌습니다. 이런 책들을 보면 성경을 제멋대로 해석하여 동성애는 성경에서 문제없으니 괜찮다고 말합니다. 그 주장을 세 가지 정도로 모을 수 있습니다.

1. 동성애에 대한 금지는 일시적인 것이었다 ?

"동성애 금지는 일시적인 것이다. 다시 말하면 구약 시대에만 해당한다는 것입니다. 지금은 자유함을 얻어서 그런 금지가 필요 없다"라고 주장합니다.

그러나 구약에만 금지가 있는 것이 아니라 이미 보신 바와 같이 신약의 말씀에도 금지하고 있습니다.

성경을 자의적으로 해석하는 사람들은 "너는 여자와 동침함 같이 남자와 동침하지 말라 이는 가증한 일이니라"레 18:22 라는 이 명령이 구약에서 이스라엘 백성에게 내려진 것으로 당시의 특별한 문화에만 해당하는 것이라고 생각합니다. 물론 성경에 문화와 관련된 명령이 있습니다. 예를 들어 레위기 11장을 보면 하나님께서 이스라엘 백성에게 어떤 동물은 먹지 말라고 하십니다. 그 목적은 유대인들이 우상을 섬기는 이방 민족들과 가까이 교제하지 못하도록 하려는 것이었습니다. 또한 이스라엘에게 성결의 도를 가르쳐 신약의 복음을 향해 견고한 영적 준비를 이루는 뜻이었습니다.

이런 것은 먹고 마시는 것과 여러 가지 씻는 것과 함께 육체의 예법일

뿐이며 개혁할 때까지 맡겨 둔 것이니라 히 9:10

구약 시대에 주신 명령 중 '육체의 예법' 곧 외부적 제도에 해당했던 것들은 신약 시대의 실체를 예표한 것이니 그 실체가 올 때에 발전적으로 해소된 것입니다. 예수 그리스도가 오셔서 영원한 구속을 이루셨습니다. 따라서 구약 시대의 그런 명령은 새로운 질서로 폐지가 되었습니다. 그러나 폐지되지 않은 명령들이 있습니다. 동성애 금지는 단지 외부적 제도에 불과한 것이 아닙니다. 변하지 않는 하나님의 명령이며 신약에도 금지 명령이 있습니다. 십계명과 같은 하나님의 말씀에 우리는 반드시 순종해야 합니다.

2. 동성애에 대한 금지는 부분적인 것이다 ? (전적인 금지가 아니다 ?)

"성경의 동성애 금지는 완전한 금지가 아니다. 서로 헌신하여 사랑하는 관계의 동성애에 관한 말씀은 아니다. 아무하고나 성관계를 하면 안 된다는 금지와 같은 것이지 서로 사랑하고 헌신된 관계에서 동성끼리 성관계 하는 것을 금지하는 것이 아니다"라고 말합니다. 결국 동성 결혼도 문제가 없다는 말입니다.

그러나 하나님의 금지는 전적인 금지입니다. 부분적이 아니라 그 어떤 동성애도 금지하는 것입니다.

고린도전서의 금지 명령을 보겠습니다.

불의한 자가 하나님의 나라를 유업으로 받지 못할 줄을 알지 못하느냐 미혹을 받지 말라 음행하는 자나 우상 숭배하는 자나 간음하는 자나 탐색하는 자나 남색하는 자나 고전 6:9

동성애를 옹호하는 사람들은 말하길, "이 말씀에서 동성애를 금지한 것이 맞지만 이것은 진정 서로 사랑하는 헌신된 관계에 대

해 말하는 것이 아니다. 고린도전서 6장 9절에서 바울이 동성애 행위를 한 사람에 대해 말할 때는, 남창(男妓)과 관련된 것을 뜻한다. 동성애 행위자에 관해 이 구절에서, 두 개의 단어가 사용되었는데 '탐색하는 자나 남색하는 자나 (nor male prostitutes nor homosexual offenders-NIV)' 하나는 수동적인 파트너(남창)에 대해 말한 것이고, 다른 하나는 능동적인 파트너이다. 능동적인 파트너가 바로 남자 동성애 행위자(남창을 찾아온 사람)를 말하는 것이다"라고 합니다.

그러나 정확한 해석은 문맥에 있는데, 고린도전서 6장 9절은 레위기 18장 22절 말씀과 연결된 것입니다. 레위기의 말씀을 암시합니다. 너는 여자와 동침함 같이 남자와 동침하지 말라 이는 가증한 일이니라 레 18:22 이 말씀은 남자 성매매(남창)에 한정하여 말하는 것이 아닙니다. 정상적인 맥락입니다. 창조 원리에 순종하여 결혼한 부부간의 성적 관계를 기준으로 말씀하신 것입니다. 따라서 동성애에 대한 금지는 부분적인 것이 아닙니다. 고린도전서 6장 9절 말씀은 단지 남자 성매매를 금지한 것이 아니라 비정상의 모든 성적 행위에 대한 금지입니다. 그 안에 당연히 모든 동성애 금지가 있는 것입니다.

⁴ 그들이 눕기 전에 그 성 사람 곧 소돔 백성들이 노소를 막론하고 원

근에서 다 모여 그 집을 에워싸고 5 롯을 부르고 그에게 이르되 오늘 밤에 네게 온 사람들이 어디 있느냐 이끌어 내라 우리가 그들을 상관 하리라 6 롯이 문 밖의 무리에게로 나가서 뒤로 문을 닫고 7 이르되 청 하노니 내 형제들아 이런 악을 행하지 말라 8 내게 남자를 가까이 하 지 아니한 두 딸이 있노라 청하건대 내가 그들을 너희에게로 이끌어 내리니 너희 눈에 좋을 대로 그들에게 행하고 이 사람들은 내 집에 들 어왔은즉 이 사람들에게는 아무 일도 저지르지 말라 9 그들이 이르되 너는 물러나라 또 이르되 이 자가 들어와서 거류하면서 우리의 법관 이 되려 하는도다 이제 우리가 그들보다 너를 더 해하리라 하고 롯을 밀치며 가까이 가서 그 문을 부수려고 하는지라 창 19:4-9

창세기 19장 4-9절은, 성경의 동성애 금지가 부분적인 것이라 는 잘못된 해석의 근거로 사용하는 구절입니다.

동성애 옹호자들은 이 말씀을 일탈적인 동성애, 또는 누군가 를 강간하려 하거나, 해치려 하거나, 사람들에게 친절하지 않은 행위를 하는 것으로 자신들의 동성애와는 다른 종류의 불법적인 것에 대한 내용이라고 주장합니다. 하나님 앞에서도 건전한 동성 애가 따로 있다는 듯이 해석합니다. 진정 사랑하는 관계의 동성애 라는 것을 분리하고 싶어합니다.

창세기 19장에서 롯의 집을 에워싼 소돔 백성들은 알지도 못하는 사람들을 막무가내로 집 밖으로 불러내 강간하려 할 만큼 악한 자들이었습니다. 결국 하나님의 심판을 받아 멸망한 소돔과 고모라에 얼마나 성적 타락이 만연했는지를 보여주는 장면입니다.

그런데 동성애를 두둔하는 사람들은 말하길, 그 장면에서 실제로 동성애를 강제로 행한 죄가 안 나오고, 다만 손님을 환대하지 않은 것이 문제라고 합니다. 그러니 서로 헌신한 동성애와는 관련이 없고 비정상적인 성적 욕구와 관련된 죄에 관한 내용이라고 말합니다. 소돔과 고모라창 19:4-9 의 동성애를 일탈적인 동성애로 한정하려고 했던 의도와 어긋남에도 불구하고 아예 성적인 욕구와는 관계 없는 장면이라고 주장하기도 합니다.

그러나 **유다서 7절**유다서는 한 장만 있습니다.을 보면, "소돔과 고모라와 그 이웃 도시들도 그들과 같은 행동으로 **음란하며 다른 육체를 따라가다가** 영원한 불의 형벌을 받음으로 거울이 되었느니라"라고 말씀합니다. 창세기 19장의 소돔과 고모라가 보여준 사람들은, 분명히 동성애에 관련된 죄입니다. 성경은 특수한 경우의 동성애만 죄가 아니라 동성애 자체가 죄라고 말씀하는 것입니다. '음란하며 다른 육체를 따라가다가'라는 말씀은 **성생활을 순리적으로 하지 않는** 동성애의 죄악된 행위를 분명히 지적합니다.

유다서 말씀에서 소돔과 고모라에 관해 말한, '음란하며 다른 육체를 따라 가다가 (indulged in sexual immorality and pursued **unnatural desire**-ESV)' 이 부분에 대해, 동성애 옹호자들 중 어떤 사람들은 '**다른 육체를** 따라가다가(pursued **unnatural desire**)'가 반드시 동성애를 의미하지는 않는다고 말합니다. 적어도 결정적이지 않다고 합니다. 그렇다면 자신들의 주장에 관해 스스로 논리적 오류를 취하는 것입니다. 동성애 옹호자들은 창세기 19장 4-9절을 증거로 삼아 성경의 동성애 금지는 부분적이라고 주장해왔습니다. 그런데 창세기 19장 4-9절이 동성애임을 명백히 보여주며 그것이 죄악임을 확인해주는 유다서 7절을 부정하게 되면 결국 동성애 금지는 부분적이라는 주장의 근거로 창세기 19장을 사용할 수 없게 되기 때문입니다. 창세기 19장에 관한 유다서의 말씀이 동성애를 가리키는 것이 아니라면 일탈적 동성애와 서로 헌신된 관계의 동성애를 구분하려 한 근거 구절이 없어집니다.

3. 동성애에 대한 금지를 우리에게 적용할 수 없다 ?

"성경에서 금지하던 시절에는 최근 발견한 동성애의 근원과 본능에 무지했기 때문이다"라는 것이 주장의 요지입니다. 당시에는 행위적 동성애만 알고 동성애자로 선천적으로 타고 난다는 것을 몰랐다는 뜻입니다. 동성애의 욕구를 천성적으로 가지고 태어난다는 말입니다. 그러므로 무지했던 당시 사람들은 동성애자들의 사랑하는 관계, 헌신된 관계를 이해하지 못했다고 합니다. 그러므로 동성애의 근원을 몰랐던 시절에 있었던 법에 현재의 우리를 적용할 수 없다는 말입니다. 1세기 이전에는 현재 과학적으로 알게 된 동성애의 선천성을 몰랐었기 때문에 그런 법이 있었다고 주장합니다.

이 주장은 실상 특별히 답을 할 필요가 없이 하나님 말씀에 대한 불순종입니다. 그런데 덧붙이자면 사실 1세기 이전에 기록된 글들을 보면 당시에도 동성애는 타고난다고 생각한 내용들이 있습니다. 물론 역사적으로 그런 생각이 존재했었다는 사실과 상관없이 하나님은 금지 명령을 하신 것입니다. 성경은 동성애가 다른 죄들과 마찬가지로 분명한 죄라는 것을 확실히 말씀하고 있습니다.

동성애 옹호론자의 이 주장을 조금 더 살펴보겠습니다.

²⁶ 이 때문에 하나님께서 그들을 **부끄러운 욕심**에 내버려 두셨으니 곧 그들의 여자들도 순리대로 쓸 것을 바꾸어 역리로 쓰며 ²⁷ 그와 같이 남자들도 순리대로 여자 쓰기를 버리고 서로 향하여 음욕이 불 일듯 하매 남자가 남자와 더불어 부끄러운 일을 행하여 그들의 그릇됨에 상당한 보응을 그들 자신이 받았느니라 롬 1:26-27

이 구절에 언급된 '부끄러운 욕심'은, 그들의 이론에 따르면 무모한 동성애 또는 이성을 향한 성적 욕구를 가지고 태어나서 이성애자로 운명 지어진 사람에 의한 동성애 행위를 말하는 것이라고 주장합니다. 자신의 정체성을 따라 행동하면 문제가 없다는 뜻입니다. 동성애는 정체성으로서 바뀌지 않는 본질이라는 것입니다. 아무도 스스로 선택할 수 없이 천부적이라는 것입니다. 자연적이고 선천적으로 동성애자로 타고남에 따라 동성애를 가진 것이니 자연스럽게 동성을 사랑하는 것이라는 뜻입니다. 이성애자로 태어났어야 이성을 사랑할 수 있다고 말합니다. "그러하니 이를 아는 크리스천이라면 어떻게 동성애자가 정체성을 바꾸길 기대할 수 있나? 아무리 하나님이시라도 동성애를 지향하도록 타고난 사람들이 천성을 거스르도록 어떻게 기대할 수 있겠는가?"라고 합니다.

그러나 동성애는 시대의 흐름을 따라 해석이 바뀔 수 있는 문제가 아닙니다. 과연 동성애 욕구를 천부적으로 가지는지 아닌지에 관한 문제는 잠시 후 다음 장에서 이야기할 것이지만 성경 말씀은 정체성인 동성애를 금지하는 것이 아닙니다. 동성애 행위를 금지합니다. 행위를 금지하는 말씀의 존재는 동성애가 정체성이 아니라는 것을 증명합니다. 로마서 1장 26-27절의 말씀은 동성애 옹호론자들의 해석과 다릅니다. 앞 절들의 말씀 곧 하나님께 대한 불순종인, 우상 숭배의 맥락에서 말씀하고 있습니다.

> 이는 그들이 하나님의 진리를 거짓 것으로 바꾸어 피조물을 조물주보다 더 경배하고 섬김이라 주는 곧 영원히 찬송할 이시로다 아멘
>
> 롬 1:25

25절의 말씀대로 하나님의 진리를 거짓 것으로 바꾸어 피조물을 조물주보다 더 경배하고 섬기려는 우상 숭배의 욕구를 가졌기 때문입니다. 동성애적 행위나 욕구도 이러한, 하나님을 향한 불순종의 욕구에서 나온 것입니다. 죄악된 마음의 증거로 나타난 것이 동성애입니다. 하나님의 자연스러운 창조 질서에 반하는 불순종의 마음과 행위라는

것입니다. 하나님 보시기에 진정 자연스러운 관계는 부부의 관계입니다. 결혼의 맥락에서 남자인 남편과 여자인 아내만 성적인 관계를 맺어야 하는 것입니다.

III. 동성애 욕구의 근원: 선천적 또는 후천적?

그 누구도 동성애자나 이성애자로 태어나지 않습니다.

모든 사람은 단지 성적 존재로 태어날 뿐입니다.

동성애 욕구와 성향이 타고난 것인가요? 아니면 길러진 것인가요? 태어난 이후에 선택하고 강화시킨 것인가요? 후천적 취향 같아 보이지만 타고난 것인가요? 그리고 동성에게 끌리는 것(SSA)은 어디로부터 오는 것인가요? 천성적으로 가지고 태어나는 것인가요? 이성 간의 성적 욕구도 천성적으로 가지고 태어나는 것인가요?

누구든 동성애자로 선천적으로 태어나지 않습니다. 우리는 단지 성적인 욕구를 가지고 태어난 것입니다. 여기서 마침표입니다. 그러고 나서 성적인 욕구들이 어디든 향하는 것입니다. 동성애 욕구를 천성적으로 가지고 태어나지 않습니다.

전통 기독교 신자들 대부분이 사람은 모두 이성애자로 태어난다고 생각합니다. 그래서 동성애 문제로 고심하는 사람들은 이를 보고 더욱 고심합니다. 계속 고민하다가 결국, "아니다! 나는 동성애 마음이 어릴 때부터 있었기 때문에, 나는 동성애자로 태어난 것이다"라는 주장이 나온 것입니다. 그런데 성경을 보면 우리가 이성애자로 태어나는 것이 아니라 단지 성적인 존재로 태어나는 것입니다. 물론 잘 살펴보면 자유 의지를 가진 우리가 순종을 잘 할 수 있도록 하나님께서 펼쳐 놓으신 사랑의 섭리를 발견할 수 있습니다. 우리의 마음이 이성에게 끌리게 도와주는 생물학적인 환경과 기능을 주셨습니다. 또한 가정, 사회, 문화 환경 속에서 이성애로 자연스럽게 가정을 이룰 수 있게 만들어 놓으셨습니다. 그러나 이것은 성적 존재로 지음받은 사실에 관한 것이지 선천적으로 이성애자로 창조된 것을 의미하는 것은 아닙니다. 우리는 다만 성적 존재이기 때문에 남자와 여자가 가정을 이루어 생육하고 번성하며 세상을 정복하고 다스리라는 명령 창 1:27-28, 창 2:24 이 존재합니다. 또한 하나님 말씀에 순종하여 결혼한 부부의 생육하고 번성함에서 벗어난 성적 관계나 생육하고 번성하는 것 자체를 거부한 성적 관계 모두 금지하는 명령이 존재하는 것입니다.

인종이나 우리 몸의 내장 기관처럼 이성애와 동성애가 선천적인 것이라면 명령이 존재하지 않을 것입니다. 따라서 죄를 범한 인간은 성적 욕구를 따라 이쪽으로 가기도, 저쪽으로 가기도, 더 멀리 저쪽으로 가기도 하는 것입니다. 별의별 곳으로 갈 수도 있다는 것입니다. 이성애의 가능성, 동성애의 가능성, 범성애의 가능성, 양성애의 가능성이 모두 있다는 것입니다. 여러 군데로 갈 수가 있습니다. 실제로 동성애 관련 영상을 반복적으로 접하다가 동성애 욕구가 자극되어 실행에 옮기는 경우가 많이 있습니다.

이것을 볼 때, 우리가 이성애자로 태어나 이성애 욕구만 있는 것이 아니라 단지 성적 존재로 태어났다는 것을 알 수 있습니다. 우리에게는 육적인 욕구들이 있습니다. 성욕도 육적인 욕구 중의 하나입니다. 먹는 것도 한 번 맛이 있으면 또 먹고 또 먹습니다. 맛있는 음식점이면 또 갑니다. 성적 욕구도 기본적으로 육의 욕구의 관점에서 볼 때, 어떻게 하다가 한 번 맛을 보면 거기에 걸리는 것입니다. 그 욕구를 따라 쭉 갈 수가 있습니다. 일례로 야동도 한 번 쾌락을 느끼면 계속 찾게 되는 중독성이 있는 것입니다.

안 좋은 경험이 다른 욕구를 자극하는 경우도 있습니다. 남성이 남성과의 인간관계에서 몹시 나쁜 경험을 했을 때, 예를 들어 긍정적 아버지 모습을 경험하지 못하여 아버지에 대한 거부감과 적대감이 형성된 경우 동성애 쪽으로 가는 사람이 있습니다. 유사한 사례가 많이 있습니다.

그러나 동성애 커뮤니티에서는 동성애 욕구를 가지고 태어났다고 얘기합니다. 그런데 각종 과학적 연구에서 그것을 증명하는 결과가 없습니다. 오히려 반대의 결과를 보여주는 연구가 있습니다. 작가이자 North Hills Community Church의 설교와 교육 담당 목사인 피터 허버드(Peter Hubbard)는 그의 책 "Love Into Light"에서 아래와 같이 말합니다.

최근 어떤 과학적 연구는 복잡성을 조명합니다. 일례로 2010년 스웨덴의 등록 쌍둥이들을 대상으로 이루어진 조사를 예로 들면, 일란성 쌍둥이일 때, 적어도 한쪽이 스스로 자신을 동성애자라고 말했을 경우, 얼마나 많은 쌍이 양쪽 다 동성애의 삶을 살고 있는지를 조사했습니다. 일란성 쌍둥이는 같은 수정란에서 생겼기 때문에 동성애의 유전성을 연구하는 데 매우 유효합니다. 확실히 같은 유전인자를 가지고 있는 이들은 근본적으로 같은 유전적 요인을 가집니다. 따라서 동성애가 본질상 유전이라면, 한쪽이 동성애자일 때 분명히 다른 쪽도 마찬가지로 동성애자이어야 합니다. 그러나 이 연구 조사의 결과, 71쌍의 일란성 쌍둥이 중에 7쌍만이 둘 다 동성애자였습니다. 다른 연구들도 이 연구의 결과와 같았습니다. 이 연구는 물론이고 다른 연구들도 동성애에 미치는 유전적 기여를, 예를 들어 인종과 같이 유전이 확실한 것에 미치는 유전적 기여와는 다른 것으로 확실히 분리했습니다.

이와 같은 결과는 유전과 선천성의 증거가 되지 못하고 오히려 관계가 없는 것으로 높게 추정될만한 내용입니다.

일찍이 1990년대에 쌍둥이들에 대한 연구가 많이 있었습니다. 동성애 크리스천들이 이 자료들을 동성애 옹호에 사용했습니다. 그러나 쌍둥이에 관한 조사로 동성애의 유전성을 증명하고자 했던 연구들은 동성애 옹호자들에게도 오류를 지적받고 있습니다. 예를 들어, 법학 교수이자 소수자 인권 활동가로 유명한 켄지 요시노는 그의 책 "커버링" 켄지 요시노. 『커버링』. 김현경, 한빛나. 류민희(역). 민음사. 2017. 에서 아래와 같이 말하고 있습니다.

1990년대에 많은 연구들이 동성애를 신체 내부, 즉 두뇌 안, X 염색체 안, 지문의 진피능선 안에 위치시키고자 했다. 일란성 쌍둥이는 다른 형제자매보다 같은 성적 지향을 가질 가능성이 높다고 주장한 연구도 있다. 이러한 연구들은 대개 동성애 유전자의 존재를 상정했다. 이 모든 연구에 대해 반론이 제기되었다. 신경 해부학자 사이먼 르베이(Simon Levay)는 뇌 연구를 통해 게이 남성은 여자와 마찬가지로 이성애자 남자보다 시상 하부가 작다고 주장했다. 나는 이 연구가 설정한 가설부터 마음에 들지 않았다. 이 주장은 게이 남성은 남자 몸에 갇힌 여자라는 역사 속 고정 관념과 너무나 비슷해 보였다. 이제 갇힌 곳은 여자의 뇌가 되었다. 이 연구를 읽으면서, 나는 르베이의 '게이' 해부용 시체가 모두 에이즈 관련 합병증으로 사망한 사람들이라는 것을 발견

했다. 여기서 나는 읽기를 멈추었다. 이 연구는 동성애가 아니라 HIV가 시상 하부를 작게 만들었을 가능성을 포함하여 여러 가지 이유로 부적격한 연구였다.

퀴어 이론가 마이클 워너(Michael Warner)는 심리학 교수인 J. 마이클 베일리(J. Michael Bailey)와 정신 의학 교수인 리처드 필라드(Richard Pillard)의 쌍둥이 연구를 조롱한 바 있다. 이 연구는 만약 일란성 쌍둥이 중 한 명이 동성애자라면 다른 한 명도 동성애자일 가능성이 뚜렷이 높다는 것을 발견한 후 동성애의 유전적 근거를 주장했다. 쌍둥이가 따로 양육되었어도 그렇다는 점이 연구의 주요 논거 중 하나였다. 그러나 워너는 따로 양육된 쌍둥이 한 쌍은 게이일 뿐 아니라 건설 노동자의 사진으로 마스터베이션을 하는 취향조차 공유했다는 것을 관찰했다. 워너는 이렇게 물었다. 그렇다면 건설 노동자의 사진으로 마스터베이션을 하는 유전자가 있다는 의미인가요?

켄지 요시노. 『커버링』. 김현경, 한빛나, 류민희(역). 민음사, 2017.

피터 허버드의 지적처럼 쌍둥이 연구를 비롯한 여러 연구에서 동성애의 유전 가능성은, 이미 과학적으로 증명된 분명한 생물학적 유전들과는 완전히 분리된다는 것을 보여줍니다. 적어도 과학적으로 결정적인 증거는 없다는 뜻입니다. 동성애적 욕구를 타고난다는 과학적인 증거는 없습니다. 증거를 찾으려고 매우 노력을 해보아도 모든 종류의 연구 속에서 결정적 증거는 없습니다.

우리는 단지 성적인 존재로 태어났기 때문에 성경 말씀에 각종 죄악의 성적 행위를 하지 말라는 명령이 있는 것입니다. 하나님이 하지 말라고 하시는 뜻은 무엇입니까? 피조물인 우리 인간이 하지 말라는 쪽으로 갈 수 있다는 말입니다. 악한 선택을 할 수 있다는 말입니다. 하지 말라는 명령의 존재는 동성애가 정체성이 아니라 태도와 행위라는 말입니다. 따라서 선천적인 것이 아니라 후천적으로 선택할 수 있다는 뜻입니다. 그러므로 이성애자들이 동성애자가 될 수도 있습니다. 실제 감옥이나 군대와 같은 곳에서 동성 사이에 경험한 것으로 인해 동성애자가 된 사람들도 있습니다. 그리고 동성애자가 이성애자로 변한 사람도 있습니다. 누구든 소아성애자가 될 수도 있습니다. 변화 가능성이 있다는 뜻입니다. 어떤 사람은 신발을 보면 성적 욕구가 생겨서 신발을 좋아하는 사람도 있습니다. 우리가 선천적으로 성적 욕구를 가지고 태어났기 때문에 이처럼 어느 쪽으로든 갈 수 있는 가능성이 있습니다. 각자 어떤 특별한 경험을 통해서 갑니다.

어쨌든 동성애가 선천적이 아니라는 사실은 동성애자들에게 소망이 있는 것입니다. 심리학에는 아버지와 사이가 안 좋아서 또는 어머니와 사이가 안 좋아서 동성애로 간다는 설명을 비롯하여 동성애의 원인을 분석하는 여러 가지 설명이 있습니다. 그런데 그 설명이 아주 복잡합니다. 그래서 개별적으로 동성애자가 된 과정을 학문적으로 설명하기가 간단하지 않고 쉽지도 않겠지만 그 어떤 복잡한 과정에 의해서든 후천적으로 동성애자가 된 것이라면 다시 변할 수 있는 소망이 있는 것입니다. 우리가 단지 성적인 존재로 태어났기 때문에 동성애는 물론이고 사람에게 있는 각종 성적 일탈 행위들을 설명할 수가 있는 것입니다.

동성애자들이 스스로 선천적이라고 생각하는 이유는 본인의 경험으로 볼 때 워낙 어릴 때부터 그랬기 때문입니다. 선천적으로 이성애자로 태어난다고 생각하는 사람들도 사실 마찬가지입니다. 어릴 때 자라면서 성적인 것을 잘 모를 땐 정적(情的)으로 동성에 대한 감정을 경험하다가 점점 성적 욕구가 생기는 나이가 되면서 그쪽으로 갑니다. 그런 경우 어릴 적부터 자신도 모르게 동성애 욕구가 생긴 것을 경험하기 때문에 선천적이라고 생각합니다. 그래서 '과연 내가 타고나서 이런 것일까?'라는 의문을 자신에게 던지지 않습니다. 경험 속에서 만들어진 이 생각이 동성애 옹호론자들의 가장 강력한 논거처럼 보입니다. 기억 속에서 줄곧 동성애 욕구를 가졌던 사람들이 많기 때문입니다. 그래서 우리에게도 매우 의미심장한 의문이 있었던 것입니다. "그들은 왜 그리도 자연스러워 보이는가?" 그리고 "본인들도 어쩜 그렇게 자연스럽게 느끼는가?", "그들에게 동성애 충동이 왜 자연스러운 것으로 보이는가?"

성경적 답변은 비교적 간단하다고 믿습니다. 다른 많은 죄와 마찬가지로 동성애는 배우지 말아야 합니다. 우리는 최대한 악한 것들은 배우지 말아야 합니다. 그러나 안타까운 것은 누군가가 화내는 것을 태어나서 한 번도 목격하지 못했어도 무언가를 능숙하게 집어 던질 수 있었던 어린 시절이 우리에게 있었음을 압니다. 사람의 마음속에, 배우지 않아도 스스로 악한 '본능적 소질'이 있다는 것을 알 수 있습니다. 이는 사람의 마음이 계획하는 바가 어려서부터 악함이라 창 8:21 우리는 죄악의 천성과 마음을 가지고 있습니다. 그래서 어떤 상황 속에서도 죄악의 마음으로부터 원하는 것을 얻기 위해 어떻게든 표현을 합니다. 우리는 그 표현을 어떻게 해야 하는지 방법을 압니다. 그런 측면에서 동성애는, 죄성을 가진 우리가 분노를 드러내고, 이기심을 나타내는 것이 자연스러운 것과 마찬가지로 자연스러운 것입니다. 표현되는 죄의 종류를 타고나는 것이 아니고 우리 마음속의 죄를 표현하는 법을 안다는 것이 자연스럽고 타고나는 것입니다. 그래서 거듭나서 크리스천이 되면 나의 자연스러운 죄성과 싸워야 하는 전쟁이 마음속에서 일어나는 것입니다.

크리스천은 죄짓는 본능과 매일 싸워야 합니다. 동성애는 오직 내 안에 있는 '죄악의 천성'의 자연적 표현이라는 점에서만 선천적 자연스러움입니다. 동성애는 하나님께서 천부적으로 주신 일종의 도덕적 중립에 속하는 것이 결코 아닙니다. 저는 많은 사람과 수많은 상담을 했습니다. 많은 상담 자료를 읽었습니다. 많은 사람과 상담한 내용을 가지고 학위 논문도 썼습니다. 이 모든 것을 성경 말씀에 비추어 볼 때, 결국 동성애도 다른 모든 종류의 성적 욕구들, 일탈의 욕구들, 죄악들의 문제와 같습니다. 모든 이가 이런 문제들을 가지고 있습니다. 이런 욕구들은 대부분 발달된 것입니다. 어떤 이들은 양성애 욕구가 있습니다. 이것이 타고난 것인가요? 아니면 후천적으로 발달시킨 것인가요? 동물에 대한 성적 욕구를 가진 사람들도 많습니다. 페티시^{특정 물건을 통해 성적 쾌감을 얻는 것}의 성적 욕구가 있는 사람도 많습니다. 마치 타고난 듯 예전부터 자연스럽게 아동에 대한 성적 욕구가 있었다고 말하는 사람들도 있습니다. 그들 자신이 기억할 수 있는 한 처음부터 그 욕구를 가지고 있었기 때문입니다. 그러나 그것은 죄악의 천성에서 발현된 것이라는 점에서 자연스러운 것입니다. 이런 욕구들을 타고나는 것이 아니라, 자기의 죄성에서 자기가 시작하여 자기가 발달시킨 죄악의 성적 욕구들입니다.

친형제, 남매, 자매 사이에도 성적 욕구를 가진 사람이 있습니다. 그런 사람도 그 욕구를 자신이 기억할 수 있는 가장 오래된 시점, 처음부터 가지고 있었다고 말합니다. 엄마나 자녀에 대한 성적 욕구 문제는 어떻습니까? 누군가 이런 악한 성적 욕구를 가진 사람들마저도 상담을 해보면, 마치 타고난 듯이 자연스러운 것처럼 말을 합니다. 이들도 역시 이 욕구에 관해 자신이 기억할 수 있는 과거 어느 시점을 알고 있습니다. 이들은 자신의 기억 속에서 이 욕구가 없었던 시절이 없기 때문에 타고난 것이라고 인식하고 있습니다. 이러한 경험적 고려 사항들은 매우 진리인 것처럼 보입니다. 그러나 이런 욕구 역시 타고나서 자연스러운 것이 아니라 오직 죄성에서 발현된 것이라는 점에서만 자연스러운 것입니다. 누군가 현재 가지고 있는 동성애 욕구는 원래 가지고 있던 것이 아니라 발달시킨 결과라는 것과 마찬가지입니다.

심지어 동물을 성적 대상으로 좋아하는 사람들이나 소아성애자들도 어릴 때부터 관련된 경험으로 시작한 경우가 있기 때문에, 제가 예측하건대 머지않은 시간에 각자 '나는 이런 욕구를 가지고 선천적으로 태어났다'라는 주장을 할 것입니다. 심리학적으로 보면 각종 성적 욕구를 가지는 과정이 비슷합니다. 그래서 선천적이라고 주장하게 됩니다. 그러나 선천적이 아니라는 사실은 우리에게 소망을 줍니다. 하나님의 말씀 안에서, 성령 안에서 하나님의 뜻으로 돌아올 수가 있고 하나님 말씀대로 고침을 받을 수가 있기 때문입니다.

동성애를 자신의 정체성으로 생각하는 사람들은 백인, 흑인과 같은 선천적인 수준에서 동성애를 정체성이라 여기지만 성경은 우리의 정체성을, '의로운 자인가? 불의한 자인가?' 이렇게 묻습니다. 동성애는 행위이지 정체성이 아닙니다. 아담이 죄를 범한 후 우리가 타고나는 것은 죄성이고 그 죄성에서 범하는 죄악들 가운데 하나인 동성애는 정체성이 아니라 회개해야 하는 마음의 동기와 행위입니다. 동성애자도 하나님의 은혜 안에서 예수 그리스도를 믿고 거듭날 수 있습니다. 의롭다 하심을 입은 의로운 자가 될 수 있습니다. 그리고 하나님의 은혜로 동성애에서 돌이킬 수 있습니다.

세상은 인간을 생물학적 존재로 보고 있습니다. 물론 우리는 생물학적 존재입니다. 곧 육체적 존재입니다. 그런데 세상은 우리가 육체만 가지고 있다고 생각합니다. 혹, 육체 외에 정신세계와 영혼을 가진 것을 인정하는 듯해도 결국엔 육체만 가진 존재를 전제한 결론을 냅니다. 동물보다 뛰어난 영적 존재의 사고를 하지 못하고, 동물같이 몸을 가진 존재라는 몸 중심의 철학을 가지고 있습니다. 그래서 각종 선택과 생활 방식 등 우리가 가진 모든 문제는 모두 육체적인 문제가 되는 것입니다. 성적인 행위도 생물학적으로만 생각합니다. 특정한 행위를 할 수밖에 없도록 태어났다고 믿습니다. 즉, 선천적으로 태어났기 때문에 당연히 이런 선택을 한다고 말합니다.

그런데 성경에서 말씀하시길 우리는 훨씬 더 깊은 존재입니다. 물론 생물학적 존재이지만 그것보다 더 깊은 곳에 영적인 마음과 욕구를 가진 영적 존재라는 말입니다. 그래서 우리의 영적인 마음이 몸을 가지고 모든 선택을 하고 생활 방식을 결정하며 산다는 것입니다. 세상적 관점이라면 "나는 선천적으로 동성애자로 태어났다. 그런 몸을 가지고 태어난 것이다. 그래서 이렇게 산다"라고 말합니다. 그러나 성경에서는 "동성애자의 몸을 가지고 태어난 것이 아니라 단지 우리는 성적 존재로 태어났다. 그래서 각자 마음에서 원하는 것을 따라 이 몸을 어떻게 쓰는가를 선택한다. 그것이 생활 방식이 된다." 이렇게 말씀하는 것입니다. 우리는 몸을 가지고 있고 동시에 마음속에 성적 욕구를 가지고 있습니다. 우리가 어느 쪽으로 갈 것이냐는 각자의 선택에 달린 것입니다.

우울증의 예를 들어보겠습니다. 세상에서는 우리를 생물학적 존재만으로 보기 때문에 우리가 우울증이 있으면 그것은 생물학적인 문제입니다. 앞서 말씀드린바, 단순히 육체만 가진 존재가 아닐 것이라고 막연히 생각하는 사람들이 있고 학문 체계도 있지만, 그야말로 막연하므로 결국 육체만 가진 존재라는 전제에서만 내릴 수 있는 결론에 다다릅니다. 정신의학이 있어서 인간을 정신적 존재라고 생각은 하지만 영혼의 실체가 무엇인지 확실히 모르면 역시 영적 처방에 관해 막연합니다. 그래서 일단 약을 먹어야 합니다. 그렇게 해서 삶을 살 수 있도록 합니다. 정신건강의학과의 심리 치료가 있지만 정신건강의학과에서도 우선적으로 약에 의존합니다. 심리 치료도 하나님을 모르는 의사가 시행할 때면 사람이 하나님의 자리에서 판단하는 인본주의에 기초하기 때문에 정확한 처방이 나올 수가 없습니다. 세상에 정신 치료 관련하여 명상, 최면 등도 있지만 하나님 없는 수단은 성경 말씀에 비추어볼 때 진리를 모르는 우상적 방법일 뿐입니다. 물론 아직 하나님을 알지 못하는 상태에서 하나님의 방법은 모를 수밖에 없습니다. 그래서 영혼과 우리의 마음에 관한 우울증의 온전한 치료를 기대할 수 없습니다.

물론 우울증인 사람이 삶을 유지하는 데 약이 도움이 될 수 있습니다. 크리스천은 약을 먹지 말라는 뜻이 아닙니다. 생물학적으로 우리가 약을 먹으면 일시적으로 도움이 될 수 있고 심리적 고통을 잠시 멈추는 효과를 볼 수도 있습니다. 우리의 육체는 영혼과 연결되어 있기 때문입니다. 그러나 근본적인 문제는 영적인 것입니다. 우울증도 역시 내가 원하는 것, 유형무형의 무언가를 갖지 못한 결핍에 관한 욕구가 문제가 됩니다. 불만족이 오랜 시간을 지나 우울증이 됩니다. 기도와 말씀 생활이 필요합니다. 우리 마음속에 하나님의 말씀이 생생하게 살아 있고, 하나님의 은혜로 치유되지 않으면 아무리 약으로 기분이 괜찮아진다고 하더라도 진통제를 맞은 것과 같이 일시적인 것이고 마음의 중심이 고쳐진 것은 아닙니다. 진정 삶이 변화되려면 우리가 영적 존재임을 반드시 알아야만 합니다. 그러나 세상은 마치 우리를 영혼이 없는 존재로 본 것 같은 처방을 내리기 때문에 우리에게 선택권이 없다고 이야기하는 것입니다.

마찬가지로 세상에서 동성애자는 그냥 동성애자이어야 하는 것입니다. 그러나 성경이 말씀하는 것은, 우리가 성적 욕구를 가지고 태어난다는 것 그리고 마침표입니다. 그래서 어떻게든, 어떤 방법으로든 그 성적 욕구를 표현할 가능성이 있습니다. 지켜야 할 선이 없고, 아무도 모르고, 사회적으로 제한이 없다면 우리는 성적 욕구를 가지고 어느 쪽으로든 갈 수 있는 것입니다. 그러나 우리는 하나님의 은혜와 능력을 간절히 바라며 마음속에서 의지적으로 성경 말씀에 순종하여 올바른 선택을 할 수 있습니다. 어떻게 우리 몸을 하나님을 위해 사용할 수 있는가? 생각하며, 성경적 생활 방식을 선택할 수 있습니다.

> 그런즉 너희가 먹든지 마시든지 무엇을 하든지 다 하나님의 영광을 위하여 하라 고전 10:31

먹는 것 자체는 정말로 육체적인 것입니다. 그런데 어떤 분들은 단지 육체적인 것뿐이라고 생각할지도 모릅니다. 그러나 훨씬 더 그 이상의 무언가가 있습니다. 우리는 확실히 생물학적 존재로서 먹고 싶은 욕구가 있습니다. 그런데 "너희가 먹든지 마시든지" 이 분명한 육체적인 일들이, "무엇을 하든지 다 하나님의 영광을 위하여 하라" 매우 영적인 일이라는 말입니다. 먹고 마시는 아주 기본적인 것조차 영적인 것과 밀접한 관계라는 것은 우리의 모든 육체적인 활동이 영적인 활동과 매우 연결되어 있다는 것을 의미합니다. 죄성을 가진 우리는 무엇을 하든지 내 영광을 위해서 할 수도 있고 하나님의 영광을 위해서 할 수도 있다는 말씀입니다. 우리는 '무엇을 어떻게 먹을 것인가?'와 그 '목적'을 선택할 수 있다는 말입니다. 이처럼 육체적 욕구들은 영적인 욕구와 매우 연결되어 있습니다. 고린도전서 10장 31절 말씀에 따르면 분명한 사실입니다. 또한 이 말씀을 보면 육체적인 활동은 영적인 체험을 일으키고, 영적인 활동을 하게 하는 매우 강력한 도구임을 알 수 있습니다.

"먹든지 마시든지 모든 것을 하나님의 영광을 위해서 하라" 그러면 우리는 이 말씀을 어떻게 적용할 수 있을까요? 식탁에서 "이건 하나님의 영광을 위해 먹는 거야!" 이렇게 말하고 먹으면 될까요?

창세기 3장을 보겠습니다. 인간의 첫 번째 죄는 먹는 것과 관련이 있습니다. "여자가 그 나무를 본즉 …"창 3:6 여기 하나님께서 명하신 규칙이 있습니다. 하나님께서 주신 단 하나의 금지 사항은 선악을 알게 하는 나무의 열매를 먹지 말라는 것이었습니다. 사탄이 말했습니다. "하나님이 참으로 너희에게 동산 모든 나무의 열매를 먹지 말라 하시더냐?" 그러자 하와는 의심하기 시작했습니다. 이제 규칙이 없고, 옳고 그른 것도 없습니다. 오직 그녀의 욕구만 남았습니다.

창세기 3장 6절을 다시 봅니다. "여자가 그 나무를 본즉 먹음직도 하고 보암직도 하고 지혜롭게 할 만큼 탐스럽기도 한 나무인지라 여자가 그 열매를 따먹고 자기와 함께 있는 남편에게도 주매 그도 먹은지라" 여기서 그녀가 과일을 열망하며 바라보는 것은 마치 남자가 여자를 열망하는 것, 사람이 다른 성적 존재를 열망하는 것과 같습니다. 매우 비슷한 육체적 활동입니다. 육체적인 것은 영적인 것과 연결되어 있습니다. 육체적인 활동은 영적인 활동과 관계있으며 육체적인 욕구는 영적인 욕구와 강력하게 연관되어 있습니다. 육체적인 것은 영적인 것의 도구입니다. 따라서 육체적인 것은 동시에 영적입니다. 먹는 것이 영적인 것처럼 성적인 활동도 단지 육체적인 것이 아닙니다. 성적인 활동도 육체적인 것보다 훨씬 더 큰 의미라고 성경이 말씀합니다.

이제 육체적인 것은 강력하게 영적인 것임을 알았습니다. 먹는 행위와 성적인 행위는 필연적으로 즐거움을 찾는 것, 즉 마음의 동기와 관련 있습니다.

예수 그리스도는 먹는 것과 성적인 것 두 가지 모두 사용하십니다. 요한복음 6장을 보면,

> 11 예수께서 떡을 가져 축사하신 후에 앉아 있는 자들에게 나눠 주시고 … 26 … 너희가 나를 찾는 것은 표적을 본 까닭이 아니요 떡을 먹고 배부른 까닭이로다 35 예수께서 이르시되 **나는 생명의 떡이니** 내게 오는 자는 결코 주리지 아니할 터이요 나를 믿는 자는 영원히 목마르지 아니하리라 요 6:11, 26, 35

11절에서 예수님이 떡을 주시고, 35절에서 "나는 생명의 떡이니"라고 가르치셨습니다. 그리고 55-56절에서 "55 **내 살은 참된 양식이요 내 피는 참된 음료로다** 56 내 살을 먹고 내 피를 마시는 자는 내 안에 거하고 나도 그의 안에 거하나니"라고 자신의 살과 피를 상징화하시면서 말씀하십니다. 이처럼 먹는 것으로 영적인 것을 말씀하셨습니다. 또한 예수 그리스도와 교회의 관계를 말씀하시는데, 잠시 후 'IV. 동성애 운동의 위험성과 우리의 할 일'에서 그 내용이 담긴 에베

소서 5장에 관해 말할 것입니다. 성적인 행위가 어떻게 강력하게 복음을 그리는지 거기서 알아보겠습니다.

음식에 대한 육체적 욕구가 있습니다. 그런데 어떤 특정한 것을 먹고 싶어 하는 특정한 욕구를 우리가 타고난 것은 아닙니다. 어떤 특정한 음식에 대한 특별한 취향을 선천적으로 가지고 태어나지 않습니다. 다만 우리는 천성과 욕구들을 가지고 있다는 것입니다. 그런데 이것은 모두 즐거움과 고통의 원칙을 따릅니다. 우리는 좋아하는 것을 다시 먹기 원합니다. 싫어하는 것은 다시 먹고 싶어하지 않습니다. 좋아하는 것은 계속 먹지만 싫증이 난 것은 다시 먹고 싶지 않습니다. 먹는 것에 관한 즐거움과 고통의 법칙은 성적인 욕구에도 똑같이 적용됩니다. 당신이 특정한 음식을 피하는 것처럼, 특정한 성적 취향은 피할 수 있습니다. 어떤 것을 곧바로 좋아하는 사람도 있는 반면 그렇지 않은 사람도 있습니다. 좋아했던 음식인데 더 이상 좋아하지 않는 분들도 있습니다. 성적 대상에 관한 것도 마찬가지입니다. 바뀔 수가 있습니다. 평생 이성애만 하는 사람들도 선천적인 것이 아니라 결국 즐거움의 원칙에 따라 어려서부터 이성 관계에서 경험한 즐거움이 이성만 사랑할 수 있도록 한 것입니다.

즐거움과 고통의 법칙에 의해, 좋아했던 것을 더 이상 좋아하지 않거나, 처음 보자마자 바로 좋아하기도 하는 것도 매우 자연스러운 것입니다. 기이한 것을 좋아하는 사람들도 있습니다. 이상한 것을 먹기 좋아하는 사람들도 있습니다. 어떤 이들은 특정한 것은 즉시 거부할 수도 있습니다. 서로 다른 이유가 있습니다. 온갖 종류의 매우 복잡한 이유가 있습니다. 어떤 이들은 고기를 좋아합니다. 고기를 좋아하는데 고기의 좋아하는 부위가 다르기도 합니다. 일본 음식에 '오야코돈'이라는 음식이 있습니다. 오야는 부모, 코는 자식이라는 뜻입니다. 그래서 오야코돈을 먹자고 하면 엄마와 아들을 동시에 먹자는 말과 같습니다. 쌀밥에 부모와 자식을 덮어서 나오는 덮밥입니다. 여기서 오야코는 닭고기와 달걀이라는 뜻입니다. 그런데 닭고기는 먹는데 달걀을 안 먹어서 이 음식을 즐기지 않는 분도 있습니다. 알레르기 때문에 취향이 생긴 특별한 경우가 있지만 단지 취향인 경우도 많습니다. 식욕과 같은 육체적 욕구도 취향이 있고 성적 욕구도 마찬가지입니다. 우리는 대부분 익숙해진 입맛을 가지고 있습니다. 같은 것입니다. 여러 가지 서로 다른 성적 욕구를 가진 사람들과 상담해보면 매우 비슷합니다. 익숙해진 쾌락을 따라 각자 다른 취향에 관해 이야기합니다.

우리는 특정되지 않은 성적 욕구를 가지고 태어납니다. 단지 성적 존재로 태어난 것입니다. 그래서 취향은 변하지 않는 것이 아니라 변할 수 있습니다. 이는 즐거움(쾌락)과 고통의 원칙이 좌우합니다. 식욕, 성욕과 같은 육체적 욕구는 호흡처럼 하나님이 주신 욕구입니다. 그런데 이 욕구들에 마음의 동기가 관련되어 있습니다. 단, 거기엔 제한이 있습니다. 우리가 지켜야 할 가이드라인입니다. 그 제한 안에 하나님의 허락이 있습니다. 하나님이 우리를 창조하셨기 때문입니다. 다시 말하지만 우리는 성적 존재로 태어났습니다. 거기엔 가이드라인이 있습니다. 그런데 우리의 마음의 동기가 관련됩니다. 그러므로 우리의 마음의 동기에서 하나님 말씀에 순종하여 기꺼이 하나님을 영화롭게 할 수 있습니다. 그렇지 않으면 마음의 동기가 우리 자신의 영광을 목적할 수 있습니다.

그런데 세상은 사람을 육체적 관점에서 보기 때문에 욕구의 대상을 선택하는 결정권이 육체에 있다고 생각합니다. 육체적인 요소가 선택을 합니다. 그래서 성적인 취향과 선택도 육체에 원인이 있다고 믿는 것입니다.

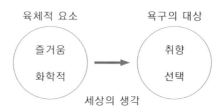

그러나 영적 존재인 우리의 모든 선택과 취향의 근원에는 마음의 동기가 있습니다. 사람의 성적인 영역에서도 마음의 동기가 아래 그림과 같이 영향을 미칩니다.

영적 요소	육체적 요소	욕구의 대상
마음의 동기	즐거움 화학적	취향 선택

즐거움을 추구하는 마음의 동기에 따라 성적 대상을 택합니다.

유전자, 호르몬 그리고 환경에 비록 내가 선택할 수 없이 주어진 좋지 않은 요소들이 있다 할지라도 우리는 하나님의 은혜로, 모든 것이 합력하여 선을 이루게 하시는 하나님의 능력을 체험할 수 있습니다. 그러나 유전자, 호르몬, 환경 등이 나의 인생에서 조절이나 극복할 수 있는 요소가 아니라 이미 '나는 누구'라고 정해주는 결정적인 요소라고 여기기 쉽습니다. 즉, 나는 유전자, 호르몬, 환경을 가지고 태어났으며 그것은 내가 원하는 후천적인 발달이나 변화 가능성과는 관계없이 선천적으로 내가 누구인가를 결정한다고 믿는 것입니다. 그럴 때면, 우리 자신과 다른 사람들을 단지 생물학적 존재 또는 호르몬의 기계처럼 취급하려는 유혹을 받습니다. 그러면 내가 성적으로 특정한 대상에 끌리는 것은 선천적인 것이기 때문에 나의 마음과 행위에 관한 성경적 판단이나 옳고 그름의 판단은 의미가 없다고 생각합니다. 선천성이라고 믿으며 곧바로 나는 누구라고 정의해버립니다. 태어날 때 주어진 어떤 조건들을 가지고 동성애의 선천성이 숙명이라고 합리화합니다. 그렇다면 변할 수 있는 희망은 없습니다. "성적 취향은 태어나면서부터 자연스러운 것이고 죄가 아니다. 그러므로 가능한 선택과 변화의 희망은 없다. 따라서 변화의 희망이 없다면 성경 말씀에 동성애를 반대하는 명령은 없을 것이다"라고 동성애자들은 그동안 믿어왔습니다. 오늘날 탈동성애를 원하는 많은 이가 이 메시지에 속상할 것입니다. 그러나 동성애자들의 믿음과 달리 동성애자 중에 변화된 사람들이 많이 있습니다.

죄를 범한 아담의 후손으로서 변함없이 누구나 가지고 태어나는 것은 죄악의 천성과 죄악의 욕구들입니다. 그래서 우리는 하나님을 대항하는 우리의 반역을 표현하는 길로서 즐거움과 고통의 원칙에 따라 특정한 죄악을 선택합니다. 이 원리가 현재 이성애 욕구만 가진 사람들에게는 경고가 될 것입니다. 이들도 변할 수 있기 때문입니다. 누구나 특별한 체험을 위해 대부분의 성적 욕구들을 발달시키거나 포르노를 보는 흥미를 가질 수 있습니다. 이러한 성적 욕구의 변화 가능성은 이성애자들에게 경고를 줍니다. 그러나 변할 수 있다는 사실이 동성애 욕구를 끊고 변화를 원하는 사람에게는 희망을 줄 수 있습니다.

　　이성애자들은 모든 인간이 선천적으로 이성애자로 태어난다고 주장해왔습니다. 그것도 역시 비성경적이라는 것을 앞서 살펴보았습니다. 우리는 단지 성적인 존재로 태어났기 때문에 다양한 성 욕구를 가질 수 있고 심지어 범성욕자가 될 가능성도 가지고 있습니다. 상담실에 있는 그렇게도 많은 사람을 설명할 수 있는 근거가 되는 사실입니다. 하룻밤 사이에 쉽게 변하는 것은 아닐지라도 가능한 것입니다. 특정한 것에 대한 선호도가 높아지는 과정에서 온갖 종류의 관련 요소들이 우리의 구미를 자극하며 영향을 줍니다. 때때로 관계적으로 때때로 문화적으로 영향을 미칩니다. 그리하여 특정한 욕구를 발달시킵니다. 쾌락을 좇는 본성으로 인해 우리는 수많은 요소의 영향을 받습니다. 영향을 받는다는 것은 바로 삶 속에서 최고의 쾌락을 찾는 우리 마음의 표현 그 자체입니다. **그래서 우리는 하나님을 향한 사랑을 방해하고 세상 쾌락을 향하게 하는 유혹을 항상 주의해야 합니다. 그것이 잠언 4장 23절 말씀을 주신 이유입니다.**

　　모든 지킬 만한 것 중에 더욱 **네 마음을 지키라** 생명의 근원이 이에서 남이니라 잠언 4:23

이러한 기초를 모르면 수많은 경험이 잘못 해석되어 우리를 완전히 다른 생활 방식으로 이끈다고 저는 믿습니다.

결혼한 여인, 어떤 엄마 이야기입니다. 그녀는 남편과 행복하지 않은 결혼 생활을 하고 있었습니다.

과거 20년 전에 그녀는 여자 친구와 잊을 수 없는 즐거움을 경험합니다. 그녀 인생에 최고의 영향을 끼친 키스를 경험합니다. 그래서 결혼한 이후 지금까지 그녀는 불행한 결혼 생활을 했다고 말합니다. 그리고 자신은 항상 레즈비언이었다고 말했습니다. 그러면서 이제는 결혼 생활에서 벗어날 것이라고 했습니다. 그리고 실제 그 이유로 집을 떠난 여인을 저는 압니다. 그녀의 마음속에 있던 어떤 원리가 현재 그녀가 한 일에 엄청난 영향을 준 것입니다.

무언가 당신이 가진 믿음은 매우 중요합니다. 성경 말씀에 따라 그것이 맞는지 틀리는지 반드시 평가해야 합니다.

Ⅳ. 동성애 운동의 위험성과 우리의 할 일

1. 이제 동성애는 성 정체성에 관한 더 큰 이슈의 한 부분입니다.

동성애는 이제, 성관계와 관련한 성적인 논쟁이나, 동성애자의 개인적인 성 정체성 문제, 동성애자 입장에서 주장하는 인권 문제를 넘어 성 정체성에 관한 훨씬 더 큰 사회적 이슈의 부분이 되고 있습니다.

캘리포니아 대학교의 입학 원서에는 여섯 가지의 다른 성별 선택 사항 – 'male' 'female' 'trans male' 'trans female' 'gender queer/gender non-conforming' 'different identity' – 이 있습니다. 이미 동성애 문제에서 시작된 성 정체성 이슈가 우리 삶 속에 깊이 들어와 마치 여섯 가지 다른 성별의 인종이 있다는 듯이 제도화된 것입니다.

여기서 우리는, 하나님의 창조 질서에 반하는 잘못된 질서를 제시하는 세상 논리에 대처할 하나님의 진리를 알아야 합니다. 그러기 위해서 우리에게 주신 정체성의 올바른 뜻을 알아야 합니다.

남녀의 성별 구분에 대해 강조하고 싶습니다. 이 시대에 많은 책이 있습니다. 그중 성경적이고 전통적인 성별의 역할을 해체하려고 하는 내용이 담긴 책이 많습니다. 교회 안에 계신 선생님들도 아시다시피 여러분의 자녀들이 읽게 될 책들입니다. 여러분도 아시죠? 그 책들에 나오는 여성은 무거운 역기를 들어 올리고 남성은 하이힐을 신고 튀튀^{발레 치마}를 입었습니다. 그래서 그 캐릭터들이 남자인지 여자인지 다른 누구인지 아이들이 알기가 어렵습니다. 우리 육체의 속성은 하나님이 주신 것입니다. 현재의 사회와 문화 현상과 상관없습니다. 사람의 DNA는 누가 뭐라고 하든 하나님이 주신 것입니다. 당신이 육체적으로 성별을 바꾼다고 해도 DNA는 바꿀 수가 없습니다. 하나님께서 당신을 어떻게 만드셨는가에 따라 남성과 여성이 결정됩니다. 그러나 우리의 문화 속엔 성별 혼동이 있음을 압니다. 그래서 저는 이것 역시 복음을 그리는 데 엄청나게 위험스럽다고 믿습니다.

저희 교회 안에서만의 상담으로도 많은 사람을 만납니다. 그동안의 상담에서 알게 된 것은, 동성에게 성적 매력을 느끼는^{SSA} 사람들보다 오히려 SSA와 관계없이 성 정체성 혼란을 겪는 사람들이 더 문제가 됩니다. 이들 중에 게이 포르노를 즐기는 남성이 있습니다. 동성에게 매력을 느끼는 것 때문이 아니라 때때로 남성의 역할로부터 탈출하고 싶기 때문이라고 합니다. 또한 어떤 이들은 특정한 무언가를 즐기기 위해 여자처럼 옷을 입습니다. 그런 분들 중 어떤 남자는 특히 밤에 여자 옷을 입고 싶어 합니다. 여자 옷을 입고 나가고 싶은데 크리스천이니까 나가지는 못하고 그냥 집 안에서 여자 옷을 입는데 그러면 기분이 좋다고 합니다. 본인이 남자의 역할을 해야 하는데 그게 너무 힘들다고 합니다. 자신을 정죄할 때면 여성과 같이 옷을 입고 싶다고 합니다. 자신이 원하는 남성의 기준을 만족시키지 못하는 자신을 보면서 탈출하고 싶은 욕구를 느끼기 때문입니다. 본인이 남자의 역할에 실패하고 있고 앞으로도 실패할 것을 아니까 그것으로부터의 탈출의 의미로 여자 옷을 입으면 정말 편안하다고 합니다. 여성의 옷을 입을 때마다 오히려 하나님께서 원하시는 남성이 되어 역할을 잘 하는 것 같은 편안함을 느낀다고 합니다. 우리가 힘들 때, 직면한 문제와 상관없는 다른 것을 하거나 생각하면 잠시 진정되는 경우가 있습니다. 그래서 이들은 여자 옷을 입고 있습니다. 이런 사람을 크로스드레서라고 하며, 이와 같이 남성이 여성의 복장을 여성이 남성의 복장을 하는 행위를 크로스드레싱이라고 합니다. 이런 사람은 동성에게 성적 매력을 느끼는 것과는 관련이 없습니다.

저와 상담한 분 중에 여성이 되고 싶어 하는 분이 있습니다. 그래서 남성인데 여성으로 만들고 있습니다. 자신이 갖고 싶은 인품과 개성이 있는데 실제 그것을 가져서 존경하게 된 롤모델이 모두 여성이었습니다. 평생에 본, 그 인품이 있는 사람들이 모두 여자였다는 것입니다. 그래서 남자가 싫어졌습니다. 남자의 성적인 매력에 끌려서 여자가 되려는 것이 아니라 존경하는 여성들의 인품을 닮기 위해서 여자가 되는 것입니다. 남자인가 여자인가 성별 자체의 문제가 아니라 존경하는 사람들의 성별이 여성이기 때문에 바꾸는 것입니다. 성별을 바꾸는 것이 잘못하는 행위임을 본인이 아는데 중독과 같이 그 마음을 고칠 수가 없는 것입니다. 원하는 마음을 버릴 수가 없습니다. 이런 경우도 SSA^{Same Sex Attraction}와는 관계가 없습니다. 이렇게 성적인 이끌림과 관계없이 성 정체성 혼란을 겪는 사람들이 성경 말씀으로 회복하기까지 더 오래 걸리는 경우가 많습니다.

남성이 여성의 옷을 즐겨 입든, 여성이 남성의 옷을 입든, 성전환 수술을 하든 이런 모든 것으로 결코 우리의 DNA를 바꿀 수는 없습니다. 결국, 우리의 타고난 성별은 영원하다는 뜻입니다. 성별엔 목적이 있고, 성별은 영광스러운 것입니다. 하나님께서 정하셨다는 것은 우리의 성별에 특별히 맡기신 책임이 있다는 뜻입니다. 예수 그리스도의 복음 안에서 서로 다르게 맡기셨습니다.

하나님이 특히 남자와 여자를 구분하여 창조하신 이유가 분명히 있고 남자와 여자로 태어난 것은 변함이 없습니다. 우리가 성별을 아무리 바꾸려 노력하더라도 혹시 수술해서 바꾸더라도 생식의 기능을 바꿀 수가 없고 더 근본적으로 DNA는 바뀌지 않습니다. 남자로 태어난 사람은 항상 남자로 있고 그리스도 재림 후 새 하늘과 새 땅에서도 부활한 몸을 가지고 있습니다. 하나님이 정해주신 성별의 정체성은 바뀌지 않습니다. 영원합니다. 그런데 목적이 있습니다. 하나님의 목적이 있습니다.

> [26] 하나님이 이르시되 우리의 형상을 따라 우리의 모양대로 우리가 사람을 만들고 그들로 바다의 물고기와 하늘의 새와 가축과 온 땅과 땅에 기는 모든 것을 다스리게 하자 하시고 [27] 하나님이 자기 형상 곧 하나님의 형상대로 사람을 창조하시되 남자와 여자를 창조하시고 [28] 하나님이 그들에게 복을 주시며 하나님이 그들에게 이르시되 생육하고 번성하여 땅에 충만하라, 땅을 정복하라, 바다의 물고기와 하늘의 새와 땅에 움직이는 모든 생물을 다스리라 하시니라 창 1:26-28

여기서 '우리'는 삼위일체 하나님입니다. 한 하나님이신데 세 위격이십니다. 성부 하나님, 성자 하나님, 성령 하나님. 이 말씀에서 의도적으로 복수가 쓰였다고 믿습니다. "한 하나님이신데 세 위격" 무슨 뜻입니까? 잘 모릅니다. 왜냐하면 그 누구도 그와 같은 이가 없기 때문입니다. 천국에 가면 더 많이 알게 될 것입니다. 그가 누구신지 더욱더 알 것이고 더욱더 그를 예배할 것입니다.

우리의 형상을 따라 우리의 모양대로 우리가 사람을 만들고 창 1:26

세 위격이신 하나님의 일체를 그리기 위해, 또한 삼위의 서로 다른 위격을 그리기 위해, 하나님 자신을 보여주기 위해서 하나님은 그의 형상을 따라 사람을 창조하셨습니다. 하나님이 자기 형상 곧 하나님의 형상대로 사람을 창조하시되 …창 1:27 삼위일체 하나님, 한 하나님이신데 세 위격이십니다. 성부, 성자, 성령님 똑같은 하나님이신데 다른 위격이십니다. 동등한 세 분의 위격이 한 하나님이십니다. … 남자와 여자를 창조하시고 창 1:27 성삼위일체의 아름다운 관계를 보여주기 위해서, 그것을 나타내기 위해서, 서로 다른 남자와 여자를 창조하셨습니다. 남자^{남편}와 여자^{아내}의 관계로 하나님의 형상을 그리게 하셨습니다. 그래서 성별을 만드셨습니다. 남자를 지으신 이유가 있고 여자를 지으신 이유가 있습니다. 창조된 남자와 여자를 생각해보십시오. 하나의 결혼 안에서 남자와 여자의 일체입니다. 이러므로 남자가 부모를 떠나 그의 아내와 합하여 둘이 한 몸을 이룰지로다 창 2:24 그런즉 이제 둘이 아니요 한 몸이니 그러므로 하나님이 짝지어 주신 것을 사람이 나누지 못할지니라 하시니 마 19:6 일체가 된 남자와 여자는 같은 사람이고 동등한 사람입니다. 그리고 결혼한 남자와 여자는 같은 하나가 되어야 합니다. 한 하나님의 다른 위격들, 성부, 성자, 성령 하나님은 동등합니다. 같습니다. 오직 한 분 그러나 다른 위격들, 그래서 또한 남자와 여자는 달라야 합니다. 같은 인간, 결혼 안에서 일체 그러나 각각 다른 남자와 여자입니다. 부부간 다른 성별은 하나님을 그리기 위해 반드시 존재해야만 합니다. 한 하나님, 본질상 동일하신 성부 하나님, 성자 하나님, 성령 하나님 세 분의 다른 위격을 그리기 위해 남자^{남편}와 여자^{아내}가 존재합니다. 남편과 아내의 존재 이유는 전적으로 본질적인 창조 원리에 있는 것입니다.

그런데 많은 상담가가 "사람이 혼자 사는 것이 좋지 아니하니" ^{창 2:18} 라는 말씀을 인용하며, 아담이 잔디에 누워 주변을 둘러보다가 "모든 동물이 짝이 있는데, 아~ 나 같은 사람은 아무도 없구나! 그래서 너무 외롭다." 그러면서 혼자 울었을지도 모른다고 상상할 수 있다고 말합니다. 그러면서 "와우! 아담이 이렇게 외로웠기 때문에 하나님께서 혼자 사는 것이 좋지 않다고 말씀하셨습니다"라고 합니다. 그래서 "내가 그를 위하여 돕는 배필을 지으리라" 말씀하셨다고 이야기합니다. 그러나 아담이 홀로 있는 것이 좋지 않다고 하는 것은 아담의 주관적인 외로움을 말하는 것이 아닙니다. 오직 세상에 죄가 들어온 후에야 사람은 무언가 악하게 원하고 부정적 결핍을 느낍니다. 그러면서 무언가 필요하다고 생각하여 주관적인 외로움을 느낍니다.

하나님과의 교제로 충만했던 아담이 아직 죄 짓기 전에는 외롭지 않았습니다. 외로움이나 슬픔은 죄성이 있는 사람이 느끼는 것입니다. 따라서 아담이 혼자 사는 것이 좋지 않다고 하는 것은 주관적 외로움을 말하는 것이 아닙니다. 이 구절에서 아담의 홀로 있음을 주관적인 외로움으로 보는 것은 결국 객관적인 결핍에 대해 말하려는 것입니다. 그러나 지금 죄성을 가진 우리의 눈에 보이는 객관적 결핍이 아담에게 있는 것이 아닙니다. 다만 하나님께서 사람을 창조하실 때, 하나님이 어떤 분인지 나타내시기 위해 한 사람 외에 다른 사람이 필요했습니다. 동물이 아니라 동일한 범주 안의 다른 존재가 있어야 했습니다. 즉, 다른 사람으로서 결혼 안에 하나 된 사람, 그래서 남자와 여자가 되어야 했습니다. 아담과 다른 사람, 곧 아담의 배필 하와, 그녀가 필요했기 때문에 아담이 홀로 있음에 대해 하나님께서 좋지 않다고 하신 것입니다. 물론 죄가 세상에 들어온 이후에 남자와 여자 사이에 다툼이 생겼습니다. 상대방을 눌러 이기기 원하는 남녀 사이에는 동등함이 없습니다. 따라서 이제는 하나님의 구속 안에서만 하나님이 어떤 분인지 그릴 수 있는 연합이 가능합니다. 에베소서 5장은 **그리스도와 교회의 관계**를 보여줍니다. 이제 남자와 여자는 이 관계를 그리도록 하나님이 정하셨습니다. 우리는 죄인이기 때문에 예수 그리스도께서 세상에 오셔서 예수 그리스도의 교회를 구원하셨습니다. 이제 남자와 여자는 이 **복음을 그리기 위해** 존재합니다. 그러므로 사람이 부모를 떠나 그의 아내와 합하여 그 둘이 한 육체가 될지니 엡 5:31 이는 아담과 하와가 죄를 범하기 전인 창세기 2장 말씀에 따른 것입니다. 이제 그것을 회복하는 것입니다. 죄가 들어온 세상에 싸움이 가득한데 회복이 어떻게 가능합니까? 심지어 가족 안에도 전쟁이 있습니다. 그런데 이것이 가능한 것은 오묘한 것입니다. 예수 그리스도로 오묘함이 주어졌습니다. 에베소서 5장 32절, "이 비밀이 크도다 나는 그리스도와 교회에 대하여 말하노라" 예수 그리스도께서 오셔서 인류가 예수 그리스도의 교회가 되도록 구원하셨습니다. "이 비밀이 크도다" 여기 '비밀'은 '오묘'란 뜻입니다. 부부의 결합이 그리스도와 교회의 연합을 비유하는 것이니 참으로 오묘합니다.

그리스도와 교회의 연합을 어떻게 보여줄 수 있을까요? 하나님이 정하신 결혼 제도로 성경적 남성과 여성 됨을 지키는 것입니다.

[24] 그러므로 교회가 그리스도에게 하듯 아내들도 범사에 자기 남편에게 복종할지니라 [25] 남편들아 아내 사랑하기를 그리스도께서 교회를 사랑하시고 그 교회를 위하여 자신을 주심 같이 하라 엡 5:24-25

남자[남편]를 지으신 이유는 그리스도를 나타내기 위해서, 즉 그리스도가 교회를 얼마나 사랑하시는지를 나타내기 위해서입니다. 남편이 아내를 사랑하는 것으로 그리스도의 사랑과 희생을 나타냅니다. 그리고 교회가 얼마나 예수님을 사랑하여 복종하는지를 나타내기 위해 여자^{아내}를 지으셨습니다. 아내가 남편을 사랑하여 복종하는 것으로 그리스도께 순종하는 교회를 나타냅니다. 이와 같이 복음의 그림을 그리기 위해서 남편과 아내를 지으셨습니다.

우리에게 진정한 희생과 헌신의 사랑의 본을 보여주신 분은 예수 그리스도입니다. 남편은 그 사랑으로 아내를 사랑해야 합니다. 그리고 실상 진정한 순종의 본도 예수님이십니다. 십자가를 앞에 두고 "내 아버지여 만일 할 만하시거든 이 잔을 내게서 지나가게 하옵소서 그러나 나의 원대로 마시옵고 아버지의 원대로 하옵소서"마 26:39 라고 기도하셨습니다. 그리고 기꺼이 십자가를 지신 예수님입니다. 성부 하나님과 동등한 하나님이신 성자 하나님의 순종입니다. "내 아버지여 만일 할 만하시거든 이 잔을 내게서 지나가게 하옵소서" 이것은 고통을 피하고자 십자가 지시는 것을 거부하거나 교회를 사랑하지 않으시는 이기적 마음의 표현이 아닙니다. 죄 없으신 참 사람이자 참 하나님이신 예수님은 결코 이기적일 수 없습니다. 하나님은 사랑이시고, 선하신 유일한 분입니다.

하나님이 우리를 사랑하시는 사랑을 우리가 알고 믿었노니 **하나님은 사랑이시라** 사랑 안에 거하는 자는 하나님 안에 거하고 하나님도 그

의 안에 거하시느니라 요일 4:16

너희는 **여호와의 선하심을 맛보아 알지어다** 그에게 피하는 자는 복이

있도다 시 34:8

예수께서 이르시되 네가 어찌하여 나를 선하다 일컫느냐 **하나님 한**

분 외에는 선한 이가 없느니라 막 10:18 예수님이 자신은 선하지 않다고 말씀하신 것

이 아니라 질문자의 눈높이에 맞추신 답변입니다. 아직 예수님이 하나님이신 줄 모르는 자에게 구

원을 위해 선하신 하나님을 가르치신 것입니다.

나는 선한 목자라 선한 목자는 양들을 위하여 목숨을 버리거니와

요 10:11

자기 백성을 구원하시는 것은 예수님의 기쁨입니다. 예수 그리스

도는 고난을 마지못하여 당하신 것이 아니라 우리를 향한 불타는 사랑

의 마음으로 십자가를 참으셨습니다. 히 12:2 겟세마네 동산에서 예수님

의 기도는 영원히 충만한 삼위일체 사랑의 끊임없는 교제로부터 일순

간이라도 떠나는 것을 원치 않으시는 사랑의 마음을 표현하신 것입

니다. 지극한 사랑의 관계에서 단절되어야 하는 상황에 대한 표현입

니다. 성부 하나님을 향한 사랑의 고백입니다. "나의 원대로 마시옵고

아버지의 원대로 하옵소서" 아버지의 뜻에 순종하셨습니다. 아내의 순종도 그리스도께 배워야 합니다. 남편과 아내는 삼위일체 하나님의 이런 사랑의 관계를 그리는 것이고 타락한 우리를 구원하신 그리스도와 교회의 관계, 즉 복음을 그려야 하는 것입니다.

> 그러나 너희도 각각 자기의 아내 사랑하기를 자신 같이 하고 아내도
> 자기 남편을 존경하라 엡 5:33

"아내 사랑하기를 자신 같이 하고" 곧, 남편은 아내를 사랑하고 "아내도 자기 남편을 존경하라" 아내가 남편을 존경하고 복종하는 것은 역할이 다른 것입니다.

예를 들어, 성부 하나님은 아들을 세상에 보내셨고, 성자 아들이 성부께 구하사 성부 하나님은 그리스도의 이름으로 보혜사 성령님을 우리에게 보내셨습니다.요 14:16, 26 이처럼 서로 다른 역할을 하시는 세 분이 사랑의 연합으로 일체이신 것과 같이 우리에게 주신 결혼, 그 사랑의 연합 안에서 남편과 아내의 역할이 다릅니다.

> 이 비밀이 크도다 … 엡 5:32

예수 그리스도를 보여주는 남자와 예수 그리스도의 교회를 보여주는 여자가 하나님이 정하신 결혼의 맥락에 함께 하는 것입니다. 그래서 이 놀라운 복음을 그릴 수 있는 것입니다. 그러므로 남자는 여자가 되는 것이 불가능하고 여자는 남자가 되는 것이 불가능합니다. 그 정체성은 변하지 않습니다. 영원합니다. 목적이 있습니다. 분명한 하나님의 뜻이 있습니다.

따라서 남자-남자, 여자-여자의 관계에서는 두 사람이 아무리 서로 사랑할 수 있다고 할지라도, 그들이 어떻게 느낄지라도, 그들의 관계는 남자와 여자 사이에 가질 수 있는 하나님이 정하신 복음의 리얼리티^{실제}를 절대로 보여줄 수가 없습니다. 하나님이 정하신 결혼의 맥락 안에는 남자와 여자가 있습니다. 남편은 교회를 사랑한 그리스도와 같이, 십자가에 달리기까지 사랑한 예수 그리스도와 같이 아내를 사랑하고 희생하며, 아내는 그리스도께 복종하는 교회와 같이 남편에게 복종하고, 남편을 돕고, 따라갑니다. 성경에서 명령한 남편과 아내, 그 역할의 차이를 보여 줄 수 없는 동성애 커플은, 그들이 서로 얼마나 사랑하는지와 상관없이 진정한 결혼의 맥락에서만 나타낼 수 있는 복음을 그릴 수가 없습니다. 아무리 서로 갈망할지라도 둘 사이엔 여전히 성경에 비추어 큰 오류와 결핍이 존재합니다. 그것이 바로 성경에서 성별과 그 역할 구분이 중요한 이유입니다.

하나님의 뜻대로 우리가 살아야 하는데 점점 남자와 여자의 역할 구분이 흐려지고 있습니다. 미국에선 남녀의 성별 외에 여러 가지 성별이 만들어져서 구분이 복잡해지는 바람에 화장실도 여러 가지로 만들다가 결국, 남자와 여자가 같이 쓰는 상황도 생겼습니다. 아직은 그렇지 않지만 앞으로 샤워할 때도 여자가 '나는 남자다'라고 생각하면 남자 샤워실에 들어갈 수 있고, 남자가 스스로 '나는 여자야!'라고 정의하면 여자 샤워실에 들어갈 수 있는 때가 곧 올 것 같습니다.

동성애 문제가 단지 성적인 문제만으로 끝나지 않습니다. 그것은 성별의 역할을 몰라서 그렇습니다. 하나님의 부르심에 순종하지 않아서 그런 것입니다. '나는 남자다.' 그러니 하나님께서 정하신 남자의 역할을 해야 한다. '나는 여자다.' 그러니 하나님께서 정하신 여자의 역할을 해야 한다. 이것을 성경에서 분명히 말씀해 주시는데 순종하지 않고 거부합니다. 하나님의 명령에 대한 불순종과 불신앙이 개인에서 사회로 확대되어 동성애가 개인적 성 정체성 논란을 넘어 더 넓은 주제의 사회적 문제로 확대되고 있습니다.

2. 동성애자들이 다른 죄인들보다 더 나쁜 죄인은 아니지만, 동성애자 결혼 운동 (the Gay Marriage Movement), 곧 결혼을 왜곡하여 다시 정의하는 것은 더욱 큰 죄가 될 수 있습니다.

하나님 말씀을 거역하여 결혼의 잘못된 정의를 제시하는 성소수자들의 운동(동성 결혼 운동)은 더욱 큰 죄가 될 수 있습니다.

마귀는 사회를 무너뜨리기 위해 결혼 관계와 가정을 주된 공격 대상으로 삼습니다. 가정이 사회에서 가장 중요한 단위 그룹이기 때문입니다. 가정이 깨지면 사회가 무너지게 되어 있습니다. 에베소서 말씀도 봤지만 복음을 그리기 위해, 하나님께서 결혼 제도와 가정을 세우셨습니다. 그런데 동성애자들, 성적 소수자들의 운동은 바로, 복음을 그리기 위한 '결혼'과 '가정'을 공격하는 것이기 때문에 굉장히 위협적인 운동이라고 볼 수 있습니다.

시세로(Cicero)가 이렇게 말했습니다. "사회의 첫 번째 결합은 결혼이다." 사회에서 결혼 관계가 매우 중요하다는 뜻입니다. "인류의 역사, 구원의 역사는 가족의 길을 지납니다. … 가족은, 선과 악 사이, 삶과 죽음 사이, 사랑과 사랑에 반대하는 모든 것 사이 중대한 싸움의 중심에 놓여 있습니다"라고 교황 요한 바오로 2세가 말했습니다. 인류 역사는 가족을 통해서 전해진다는 것입니다. 가정과 결혼 관계가 중요하다고 이야기합니다. 성경적 이유를 모르는 세상의 보편적 철학에서도 지금까지 가정과 결혼을 사회의 가장 중요한 구성단위로 여겨 왔습니다.

자신이 게이라고 밝힌 더그 메인웨어링이라는 사람이 있습니다. 미국인 동성애자로서 웅변가이자 작가, 사상가로 알려진 사람이며 미(美) 티파티 애국자 모임 공동 창설자입니다. 그런데 이런 말을 했습니다. "동성 결혼의 이슈는 온전한 생물학적 가족에 대한 자녀의 권리는 논외로 하고 자녀들을 입양할 수 있는 권리를 정의하기 위한 어른들의 이기적인 추구가 핵심이다." 동성애자들의 결혼이 합법화되기를 원하는 이유는, 입양을 하고자 함인데 결국 자신들의 이기심으로 입양을 하려고 하는 것이지 자녀의 권리(양성 부모를 가질 권리)는 생각하지 않는다는 말입니다. 본인이 게이임에도 불구하고 비판을 했습니다.

자녀를 입양하면 동성 부모의 모습이 그 자녀들에게 당연히 영향을 미치게 됩니다. '가정이란 어떤 것인가? 결혼이란 어떤 것인가?'를 왜곡합니다. 남자와 여자가 함께 있어야 하는 결혼과 가정에 있는 하나님의 질서를 바꾸면 복음이 그려지지 않고 여러 가지로 사회에 악영향을 미칩니다.

동성애는 창조된 사람의 본질과 복음의 본질을 위협합니다. 성경 말씀에 비추어 **동성애 운동의 위험성**에 관해 살펴보겠습니다.

① 하나님이 정하신 결혼의 디자인을 허무는 것입니다.

하나님의 디자인은 결혼의 맥락 안에 남자와 여자가 있어야 합니다. 남편^{남자}과 아내^{여자} 사이에서만 가능합니다.

② 예수 그리스도의 교회에 위험합니다.

동성애가 성경적 가정을 허무는 것은 명백한 사실입니다. 그런데 동성애가 방해하는 성경적 가정은 교회 안에서 가장 기초적인 그룹이 기 때문입니다. 가정은 예수 그리스도의 교회를 구성합니다. 물론 여러 분 중 혼자이신 분들이 있다는 것을 알지만 그분들도 가정의 맥락에서 여전히 한 가정을 대표합니다. 예수 그리스도의 교회의 기본적인 구성 요소인 가정에 위험이 되는 것은, 곧 교회에 위험이 되는 것입니다.

③ 복음을 그리는 것을 방해하는 위험성이 있습니다.

복음을 그리는 데 위험이 됩니다. 방금 말하고 있는 것처럼 복음을 나타내는 헌신된 결혼 관계의 맥락에 남자와 여자가 있어야 하기 때문입니다. 로마서 1장에서 우상 숭배에 관해 말씀하는 이유입니다. 동성애를 포함하여 남편과 아내의 결혼 계약을 벗어난 성적인 관계는 복음을 그리는 결혼을 방해하여 결국 그것은 구원자 예수 그리스도와 그의 몸 된 교회를 방해하는 우상 숭배입니다.

> [20] 창세로부터 그의 보이지 아니하는 것들 곧 그의 영원하신 능력과 신성이 그가 만드신 만물에 분명히 보여 알려졌나니 그러므로 그들이 핑계하지 못할지니라 [21] 하나님을 알되 하나님을 영화롭게도 아니하며 감사하지도 아니하고 오히려 그 생각이 허망하여지며 미련한 마음이 어두워졌나니 [22] 스스로 지혜 있다 하나 어리석게 되어 [23] 썩어지지 아니하는 하나님의 영광을 썩어질 사람과 새와 짐승과 기어 다니는 동물 모양의 우상으로 바꾸었느니라 [24] 그러므로 하나님께서 **그들을 마음의 정욕대로 더러움에 내버려 두사 그들의 몸을 서로 욕되게 하게 하셨으니** [25] 이는 **그들이 하나님의 진리를 거짓 것으로 바꾸어 피조물을 조물주보다 더 경배하고 섬김이라** 주는 곧 영원히 찬송할 이시로다 아멘 롬 1:20-25

우상 숭배는 하나님을 섬기려는 영혼의 요구와는 정반대되는 것을 즐기는 감각주의를 만족시킬 예배 대상을 찾습니다. 정욕에 빠지고 음행으로 떨어집니다.

④ 사회에 위험합니다.

가정은 교회의 기초 그룹일 분만 아니라 사회의 기초 그룹입니다. 따라서 동성애 운동은 교회에 위험하고 역시 사회에도 위험합니다. 이것을 아는 우리는 이제 복음을 그리는 데 충성을 다해야 하겠습니다.

⑤ 하나님 나라를 방해하는 위험성이 있습니다.

복음을 그리는 것은 하나님 나라의 일입니다. 복음을 그리도록 하나님께서 의도하신 결혼 제도에 해를 끼치는 죄이기 때문에 하나님 나라를 방해합니다. 하나님 나라의 복음 증거를 방해하기 때문에 동성애 운동의 위험성에 관해 유의하는 것이 얼마나 중요한가 이야기하고 있습니다. 복음을 그리는 것을 방해하는 동성애 운동은 확실히 하나님 나라를 방해합니다.

예수께서 이르시되 내가 다른 동네들에서도 **하나님의 나라 복음**을 전
하여야 하리니 나는 이 일을 위해 보내심을 받았노라 하시고 눅 4:43

⑥ **다음 세대를 향해서도 위험합니다.**

사회적으로, 문화적으로 다음 세대에게 영향을 미칩니다. 자녀를
입양할 때는 다음 세대에 직접적으로 영향을 미칩니다. 그리하여 각종
교육 의제에도 역시 영향을 미칩니다.

이와 같이 동성애자들의 운동은 사회와 교회의 가장 기초적인 구
조에 영향을 끼치고 많은 문제를 일으킬 수 있습니다.

3. 앞으로 우리는 더 많은 경계선이 사라지는 것을 목격할 것입니다.

미국에서는 남자와 여자의 경계선도 흐려지고 있고 결혼의 경계선이 없어지고 있습니다. 점점 더 악하게 될 것이라는 말입니다.

악한 사람들과 속이는 자들은 더욱 악하여져서 속이기도 하고 속기도 하나니 딤후 3:13

경계선이 점점 더 멀리 가버린다는 것입니다. 아마 그렇게 될 것입니다. 소아성애, 수간, 복수의 배우자, 근친상간 등을 원하는 사람들조차도 앞으로 점점 더 합법의 경계선 안으로 들어오려고 시도할 것입니다. 세상 제도에서 합법의 경계선이 더 멀리 가버릴 것입니다.

이런 세상에서 우리에게 소망은 오직 예수 그리스도밖에 없습니다. 복음 안에서만 치유와 회복이 가능합니다. 복음은 동성애자를 포함하여 그 누구도 보혈의 공로로 용서받게 할 수 있습니다. 복음은 어떤 더러운 마음도 깨끗이 하고 용서받고 변화시킬 수 있습니다. 아멘!

4. 동성애 욕구로 고심하는 사람들을 보살펴야 합니다.

요즘 대학생들은 진보적이고 자유로운 캠퍼스에서 생활하며 직장인들도 예전보다 훨씬 자유로운 문화 속에서 지내고 있습니다. 아마도 여러분 주위에 동성애와 관련한 친구들이 많이 있을 것입니다. 뚜렷한 동성애자이거나 일종의 동성애자라고 여겨지는 사람들, 같은 성별에 성적 매력을 느끼는 사람들이 있을 것입니다. 우리의 학교에서, 직장에서 많은 분이 동성애 문제에 대응하고 있다는 것을 압니다. 현실이 이렇다면 차라리 이러한 상황을 좋게 여길 수도 있다고 생각합니다. 우리의 사명이 있음을 확신합니다. 과연 우리는 **동성애적 욕구로 고심하고 있는 사람들에게** 어떻게 하나님의 사역을 할 수 있을까요? 이것은 그 자체로 우리에게 하나의 큰 주제가 될 수 있겠지만 잠시 생각해보겠습니다.

> 말씀^{예수 그리스도를 의미}이 육신이 되어 우리 가운데 거하시매 우리가 그의 영광을 보니 아버지의 독생자의 영광이요 은혜와 진리가 충만하더라 요 1:14

이 말씀을 볼 때 우리는 두 가지가 필요합니다. 충만한 **은혜** 그리고 충만한 **진리**입니다. 우리에게 충만한 **은혜**^{사랑, 자비, 긍휼}가 있어야 합니다. 그리고 우리는 반드시 **진리**로 살아야 합니다. 충만한 진리가 필요한데 다만 은혜와 연결된 진리입니다. 우리는 세상에서 동성애 문제로 고심하며 싸우는 사람들과 대화해야만 합니다. 자신이 동성애자라고 믿는 사람들, 동성에게 성적으로 이끌리는 것으로 고심하는 교회 안팎의 사람들과 대화해야 합니다. 좋은 질문들을 해서 그들의 답변을 잘 들어야 합니다. 그렇게 하여 그들이 진정 믿는 것을 알아야 합니다. 우리는 하나님의 은혜를 품고 귀를 기울이고 들어주어야 합니다. 그들의 이야기에 귀를 기울이십시오. 그들의 복음과 그들의 생각을 들어주십시오. 우리는 너무나 자주, 아무도 묻지 않는데 답을 하고 있습니다. 아무도 듣지 않을 때 말하는 것을 잘합니다. 우리는 이제 사랑 안에서 참된 것을 말해야 합니다. 에베소서 4장 15절은 말씀합니다. "**오직 사랑 안에서 참된 것을 하여 …**"

동성애 문제로 고심하는 사람들을 사랑과 진리로 보살피는 사역을 해야 합니다. **진리를 알 때 우리가 침묵을 지킬 수는 없습니다. 그러나 증오로 반응을 할 수는 없습니다.** 우리가 이 사역에 관여할 때는 복음을 전해야 합니다. 성경 말씀의 진리를 전해야 합니다. 그런데 **나 같은 죄인을 살리실 때 그리스도께서 하신 것처럼 사랑으로 해야 합니다.**

5. 사회와 문화 속에서 사역을 감당해야 합니다. 단, 우리는 전쟁 중입니다.

사회와 문화 안에서 우리가 만나는 사람들을 개별적으로 사랑해야 합니다. 그런데 우리가 사는 사회와 문화 속에서 직면하는 문제들을 성경에서 찾아보면 우리는 전쟁 중임을 알 수 있습니다. 이미 세상은 여러분에게 영향을 끼쳤고, 세상에서 살아갈 여러분의 자녀에게도 역시 영향을 끼칠 것입니다.

에베소서 6장 12-13절을 보겠습니다.

¹² 우리의 씨름은 혈과 육을 상대하는 것이 아니요 통치자들과 권세들과 이 어둠의 세상 주관자들과 하늘에 있는 악의 영들을 상대함이라 ¹³ 그러므로 하나님의 전신 갑주를 취하라 이는 악한 날에 너희가 능히 대적하고 모든 일을 행한 후에 서기 위함이라 엡 6:12-13

12절을 읽을 때 "와! 이 세상의 영적인 세력과 군대가 정말 거대하구나!"라는 느낌이 듭니다. 그러니 우리는 조심해야 합니다. 그런데 전쟁을 벌이기 더 좋은 곳이 어디일까요? 지금 이 자리 말고 세상의 열린 공간? 하늘? 더 넓은 장소일까요? 에베소서 4장 26-27절을 보면,

"분을 내어도 죄를 짓지 말며 해가 지도록 분을 품지 말고 마귀에게 틈을 주지 말라" 바로 우리의 마음속에서 전쟁이 일어납니다.

사탄이 어떻게 일합니까? 사람이 '분을 낼 때' 조심해야 합니다. 그런데 분을 내어도 죄를 짓지 말며 해가 지도록 분을 품지 말고 엡 4:26 이 말씀의 뜻은 단지 분을 낼 때뿐만 아니라, 당신이 죄를 범할 때마다 당신의 죄를 회개하라는 것입니다. 물론 여기서는 분을 내는 것에 대해 말씀합니다. 그러나 이 말씀은 우리의 죄악의 마음, 죄악의 본성, 죄악의 생각, 죄악의 사고방식으로 범한 모든 죄에 관한 명령입니다. 당신이 회개하지 않을 때, 27절은 말씀합니다. "마귀에게 틈을 주지 말라" 전투는 바로 우리의 마음에서 벌어지고 있습니다. 회개하지 않으면 마귀가 그 틈을 노린다는 것입니다.

이 세상과 우리의 문화 속에서 사탄이 어떻게 일하는지 아십니까? 사탄은 아담 한 사람과 함께 일했습니다. 하와와 개별적으로 만나 같은 짓을 했습니다. 사탄은 작가와 함께하며, 영화 제작자와 함께합니다. 음악도 같이 만듭니다. 문화 종사자들과 개별적으로 함께합니다. 철학자들과도 함께하고, 정치인과도 함께하며, 각 분야 영향력 있는 사람들과도 함께합니다. 그렇게 하여 비성경적 사상들을 주입합니다. 잘못된 생각들을 서서히 주입합니다. 사탄과 함께하는 사람들은 글을 쓰고 무언가 만듭니다. 문화 속에 잘못된 철학을 발달시키고 널리 퍼뜨리면 무슨 일이 일어납니까? 곧바로 우리의 생각에 영향을 미칩니다. 사탄은 처음부터 개별적으로 사람에게 접근하여 활동했으며 지금도 문화를 통하여 사람들에게 개별적으로 접근합니다. 그 문화는 지금도 퍼지고 있습니다. 사탄은 사람들로 하여금 하나님으로부터 멀어지게 하기 위해 가리지 않고 도구를 사용합니다. 포르노그래피, 각종 철학 사상 등 성경에 반하는 것이면 무엇이든 사용합니다. 동성애에 관한 것도 사용합니다. 사탄은 잘못된 사상과 비성경적인 철학을 이용하여 하나님의 말씀인 성경으로부터 사람들을 멀어지게 합니다. "과연 하나님께서 그렇게 말씀하시더냐?" 하와에게 던졌던 질문입니다.창 3:1 지금도 한 사람씩 개별적으로 상대하여 이런 의문을 갖게 합니다. 성경 말씀을 공격합니다. 한 번에 한 사람씩 상대하여 그 한 사람을 이용, 복음에 반역하고 대항하는 모든 철학을 문화 속에 퍼지게 합니다. 그렇게 해서 한 번에 한 사람의 마음을 계속 정복해갑니다. 따라서 우리는 말씀으로 돌아가야 합니다. "분을 내어도 죄를 짓지 말며 해가 지도록 분을 품지 말고" 끊임없이 당신의 마음을 회개하라는 말씀입니다. 회개하고 회복해야 합니다. "**마귀에게 틈을 주지 말라**" 그리하여 당신의 마음과 생각에 사탄이 틈탈 기회를 주지 말라는 뜻입니다. 한 번에 한 사람의 마음을 노립니다. 우리는 전쟁 중입니다.

예전에 문화와 관련된 주제의 설교들을 들은 기억이 있습니다. 동성애에 관한 설교도 아마도 15년 전쯤에 들었습니다. 정확한 시기는 잘 모르겠습니다. 당시 웹사이트에 좋은 설교들이 있었습니다. 그런데 그때 크리스천의 직면한 문제들이 바로 오늘과 마찬가지였음을 기억합니다. 설교의 주제들이 지금과 같습니다. 오, 어쩜 좋습니까? 우리는 문화 전쟁에 계속 느슨하게 임하고 있습니다. 모든 것들이 지나간 길 위에서 제가 사회와 문화 속에서 싸우자고 설교하는 것이 너무너무 늦었습니다. 제대로 싸우지 못하고 너무 돌아왔습니다. 문화 속에서 직면한 우리 크리스천의 문제들이 예전보다 나아지거나 긍정적으로 변하지 않았고 다루어야 할 주제들이 다르지 않다는 것을 깨닫습니다. 더욱 심각해진 상황이 많습니다. 지금 우리 시대에 이런 일들이 있을 줄 15년 전에는 상상조차 못했습니다.

우리가 할 수 있는 것을 다 해야 하지만 개별적으로 확실히 한 번에 한 사람의 마음을 위해 일해야 합니다. 한 번에 한 사람을 위해 기도해야 합니다. 그리고 우리는 싸워야 합니다. 그리고 정부와 이 시대 문화를 위해 기도해야 합니다. 복음은 모든 것을 극복하고 이길 수 있습니다. 은혜와 진리로 극복할 수 있습니다.

문화 전쟁을 해야 합니다. 여러분에게 하나님께서 주신 은사가 있습니다. 예를 들어 법조인이나 정치인이라면 책임감을 가지고 앞에 나가 문화적인 면에서 싸워야 합니다. 그리하여 기독교 문화를 확장해야 합니다. 세상을 변화시키는 정책과 법을 만드는 것을 주도하고 좋은 환경을 만들어 여러 가지 기독교 문화 콘텐츠를 만들어내게 할 수 있습니다. 하나님께서 여러분에게 각자 은사를 주셨습니다. 각자 받은 은사대로 문화를 통해 사역하는 것은 중요합니다. 문화는 복음 전파를 위한 분위기를 말해주기 때문입니다. 성경이 우리에게 항상 나라와 정부를 위해 기도해야 할 원리를 가르치시는 이유입니다(롬 13, 벧전 2 참조). 그리해야 복음이 더 널리 퍼지기 위한 더 나은 분위기가 조성될 것입니다.

여러분은 서로 다른 종류의 죄들로 고심하며 매일 싸우고 있습니다. 어떤 분들은 같은 성별에 성적으로 끌리는 마음과 싸우고 있습니다. 또한 자신의 마음속 정욕과, 교만과, 또 다른 종류의 죄와 싸우는 분들이 있습니다. 그런데 당신은 얼마나 오랫동안 낙심 가운데 있을 것입니까? "No!"라고 말하십시오. 저는 하나님께서 일하고 계심을 믿습니다.

하나님께서 당신에게 싸울 힘과 능력을 주실 것입니다. 우리가 전쟁 중인 것이 정상임을 깨닫게 해주실 것입니다. 영적 전쟁이 계속될 것이며, 우리 마음 안에 전쟁이 계속 있을 것을 성경이 가르칩니다. 전쟁이 있다는 것은 좋은 것입니다. 왜냐하면, 예수 그리스도가 다시 오시기까지 그것은 이 세상 삶의 일부이기 때문입니다. 저는 성경의 마지막 페이지가 무엇을 말씀하시는지 압니다. 그리스도가 이기셨다는 것입니다. 그러므로 계속 싸우십시오!

예수 그리스도가 이기셨습니다. 계속 싸울 수 있도록 하나님이 힘주실 것입니다. 언젠가 우리에게 있는 죄악의 천성이 사라질 것입니다. 그러면 죄악의 마음과 이기적인 경향은 모두 뽑혀 사라질 것이며 우리는 자유롭게 될 것입니다. 그리스도께서 재림하시는 그 날 얼굴과 얼굴을 대하여 볼 것입니다.고전 13:12 그리스도의 영광의 몸과 같이 변할 것입니다. 계속 싸우십시오.

그리고 우리가 세상에서 개별적으로 싸울 때, 우리는 전쟁터에 있지만 항상 사랑 안에서 진리를 말해야 한다는 것을 알아야 합니다. 한 번에 한 사람의 마음을 사랑 안에서 진리로 보살피십시오.

6. 반드시 진실한 사랑으로 LGBTQ 커뮤니티 (성소수자 공동체)를 향해 사역을 해야만 합니다.

오직 사랑 안에서 참된 것을 하여 범사에 그에게까지 자랄지라 그는 머리니 곧 그리스도라 엡 4:15

이미 말씀을 드렸지만, 사랑과 진리가 같이 가야 한다는 말씀입니다. **동성애자 공동체에 있는 사람들을** 어떻게 전도하는가? 반드시 진리를 이야기해야 합니다. 그러나 사랑이 함께 있어야 합니다. 저는 LGBTQ 커뮤니티에 관해 말할 때 "사랑을 먼저 그리고 진리" 이렇게 말합니다. 기본적으로 사랑을 먼저 해야 합니다. 그래야 진리를 말할 수 있습니다. 제가 이 강의를 저희 교회에서 하면서 동성애자들을 다 오라고 했습니다. 그리고 주변의 동성애자 친구들을 다 데리고 오라고 했습니다. 우리는 동성애자들을 사랑하는 것이 필요합니다. 인간관계를 맺는 것이 중요합니다. 우리가 교회 안에서 동성애를 무조건 비판하면 이들이 나가서 어디로 갑니까? 동성애자 공동체로 가게 되어 있습니다. 이들을 잃어버리면 안 됩니다. 우리는 이들을 사랑해야 합니다. 저희 교회에서 강의를 듣다가 한 사람만 밖으로 나갔습니다. 이들은 교회에서 자신들의 동성애에 동의하지 않는다는 사실을 압니다. 그렇지만 교회에 왔을 때, 교회 사람들이 정말 나를 사랑하고 있다는 것을 느낄 수 있도록 하는 것이 이상적인 교회의 모습입니다. 가능하겠습니까? 여러분의 교회에서 가능하겠습니까? 사실 쉽지 않고 힘든 것입니다.

체격이 매우 큰 미국인 남자인데 여자 옷을 입고 몇 년간 저희 교회에 출석한 사람이 있습니다. 다들 이 사람이 남자인 줄 압니다. 그런데 교회에 와서 앉아 있습니다. 찬양하고 은혜 받고 갑니다. 저를 비롯해 교회에서 모두 생각했습니다. 어떻게 해야 하나? 교회에 오는 것이 감사했고, 그 사람과 몇 번 이야기를 나눴습니다. 그런데 어느 날 어떤 백인 남자 성도가 그 사람을 꾸짖은 것입니다. 그다음부터 오지 않았습니다. 저는 눈물을 흘렸습니다. 그런 사람들이 우리 교회에 나오면서 복음을 듣고 진정한 사랑을 받아야 합니다. 물론 자신들이 교회에서 어떤 위치에 있다는 것을 알면서 교회에 출석할 수 있어야 합니다. 그러한 일이 가능하겠습니까? 그런 교회가 되어야 합니다. 교회가 아니면 결국 동성애자 공동체에 가기 때문에 교회에서 벗어나면 그들을 잃는 것입니다. 제가 다 알지 못하고 어떻게 해야 할지 모르지만, 여러분 교회에도 가능하겠습니까? 그런 사람들이 교회에 와서 주님을 만나는 일이 많이 일어나고 있습니다. **사랑은 하지 않으면서 정죄하듯 진리를 말하지 말고, 사랑하십시오! 그리고 진리를 말하십시오.** 때로 우리는 사랑해서 진리를 말한다고 하면서 실제로는 사랑 없는 진리를 부르짖는 경우가 있습니다. 그러면 우리 사역의 대상자들은 사랑을 느끼지 못합니다. 우리의 마음에 먼저 사랑을 품어야 합니다. 가능하시겠습니까? 사랑을 품는 분이 많은 교회가 되었으면 좋겠습니다. 그들을 사랑으로 품어야 합니다.

동성애 관련 사역에 경험이 없는 교회에서는 동성애자가 교회에 출석할 때, 혹시라도 기존 교인들이 어떤 부정적 영향을 받지나 않을까 걱정하시는 분들이 있습니다. 그러나 오늘 성경 말씀으로 배웠듯이 동성애가 다른 죄들과 마찬가지의 죄인 것을 안다면 하나님의 능력을 믿는 우리는 걱정을 할 필요가 없습니다. 물론 이전에 경험하지 못한 사역이므로 순간마다 교회에 지혜가 필요합니다. 그것은 하나님께 기도하는 가운데 얼마든지 응답받아, 온 교회가 은혜를 체험할 수 있습니다. 교회는 각종 죄인이 모여 있는 것이 당연합니다. 그런데 다른 사람의 죄가 내게 영향을 미칠까 두렵다면, 예를 들어 술 담배를 하는 교인도 두려워해야 하고 탐욕이 심한 사람도 피해야 하며 각종 음란물을 끊지 못하는 사람 옆에도 가지 말아야 할 것입니다. 시기 질투로 거짓말을 하는 사람이나, 다른 사람 험담을 하는 사람도 조심해야 해서 사실 교회에 가는 것 자체가 두려울 것입니다. 그러나 교회는 하나님의 부르심을 받은 자들의 모임이며 모든 죄보다 한없이 크신 하나님의 다스리심 안에 있습니다. 하나님께서 혹이라도 지혜를 주시지 않을까 두려워서 동성애자 품기를 두려워할 필요가 없습니다. 모든 죄의 위험성에 관해 배우는 것은, 우선 내가 범죄치 않도록 주의하기 위함입니다. 또한 다양한 사람이 모인 교회에서 지혜로운 사역을 이루기 위함입니다. 곧, 성경의 올바른 지식을 가지고 믿음으로 기도하고 더욱 하나님께 의지하기 위함입니다. **단체의 비성경적 운동에 대해서는 대항하지만 위험성 자체가 두려워서 한 영혼을 향한 사역을 포기하면 안 됩니다.**

그리고 성숙한 신자라면 한 단계 더 깊이 생각했으면 좋겠습니다. 나의 교회 식구들과 나의 자녀들이 잘 되길 바라며 염려한다면 주변의 동성애자뿐만 아니라 그의 가족들도 함께 주 안에서 잘 되길 기도할 수 있으면 좋겠습니다. 자녀의 장래를 위한 걱정으로 교회에서나 학교에서 또는 학원에서 혹시라도 동성애자 선생님이나 동성애 욕구를 가진 형, 언니를 만날까 봐 안절부절 못하는 경우가 있습니다. 그러나 악해지는 세상에서 물리적으로 피할 수 있는 시대가 아닙니다. 물론 자녀가 특별히 힘들어하는 상황이 있을 수 있는데 그런 경우는 교회나 학교, 학원 등을 옮겨 주는 방법을 찾을 것입니다. 그러나 기도하는 가운데 하나님의 인도하심에 의지하며 조절이 가능한 상태라면 다니엘과 세 친구처럼 신앙을 지키는 사람으로 자녀가 양육받을 수 있음을 믿습니다. 그래서 먼저 자녀에게 하나님의 원칙을 잘 가르쳐주어야 합니다.

그리고 더 나아가 하나님의 사랑으로 세상을 바라보며 다른 사람에게 복음을 그리는 사람으로, 하나님의 사랑을 전하는 사람으로 자라도록 기도하며 도와주는 부모가 될 수 있습니다.

한편 동성애를 가진 사람의 자녀들은 나의 자녀보다 더 어려운 상황일 수도 있습니다. 그래서 특히 동성애자의 자녀들이 하나님의 말씀 안에서 건강하게 자랄 수 있는 환경을 우리의 교회가 조성하는 것도 교회의 사명으로 알고 한 걸음 더 나아가는 믿음을 가지길 소원합니다. 우리가 동성애에 관해 예민한 만큼 나의 죄에 대해 민감하게 돌아볼 수만 있다면 하나님 앞에서 훨씬 더 큰 은혜를 체험하게 될 것이며 우리의 사명에 대해 더욱 확신할 수 있을 것입니다.

저는 피터 허버드의 책 "Love Into Light"에서 좋아하는 부분이 있습니다. 칙필레(Chik-fil-A)^{미국의 닭고기 전문 요리 연쇄점}에 관해 나오는 장면입니다. 칙필레^{Chik-fil-A}를 아시나요? 이 세상에서 우리가 어떻게 싸워야 하는지 매우 도움이 되는 내용입니다. 한번 읽어보시기 바랍니다.

2012년 6월 16일 칙필레의 CEO 댄 케이시는 "결혼을 정의하는 유일한 존재는 하나님이시다"라고 말함으로써 의도치 않게 전국적인 논쟁을 불러일으켰습니다. 메릴랜드, 시카고, 보스턴 등지에서 칙필레 불매운동을 하겠다며 협박을 하기 시작했습니다. 이후 댄 케이시와 같이 동성 결혼에 반대하는 쪽에서 칙필레에서의 식사를 후원하는 운동을 시작했습니다. 동시에 동성 결혼에 찬성하는 쪽에서는 전국의 칙필레 앞에서 동성끼리 키스하는 행위로 항의 운동이 이어졌습니다.

불같은 폭풍은 몇 주가 지나며 사그라들긴 했지만 댄 케이시는 분노의 역습이 두렵다고 후퇴하지 않았습니다. 그는 두 가지 다(발언 철회, 반대 운동 중지 요구) 하지 않았습니다. 그는 쉐인 윈드마이어를 불렀습니다. 쉐인은 수년 동안 LGBTQ 운동의 리더 역할을 하고 있는 사람입니다. 그는 레즈비언, 게이, 양성애자, 성전환자 대학생들의 선도적인 전국 조직인 "Campus Pride"의 창시자입니다. 쉐인은 칙필레에 대항하여 전국적인 캠페인을 시작했습니다.

칙필레의 CEO인 댄 케이시는 그를 만나 한 시간 동안 이야기를 나눴습니다. 그런데 댄은 결코 칙필레를 반대하는 운동에서 물러나 달라고 요구하지 않았습니다. 오히려 쉐인의 우려를 주의 깊게 들었습니다. 댄과 쉐인은 친구가 되었습니다. 쉐인은 '칙필레 볼'(Chick-fil-A Bowl)^{역주-1968년부터 후원을 목적으로 매년 열리는 대학 미식축}구 경기입니다. 1997년 이래 칙필레가 후원하고 있습니다. 그래서 공식 명칭이 '칙필레 볼'입니다.

미식축구 경기에 영예로운 손님으로 초대받아 댄과 함께 했습니다.

쉐인은 그의 기사 제목을, "댄과 나: 댄 케이시와 칙필레의 친구인 나의 커밍아웃"이라고 붙였습니다. 쉐인은 자신과 댄 사이에 형성된 우정 관계를 묘사했습니다. "댄은 제 인생에 진심으로 관심을 표하고 개인적으로 저를 알고 싶어 했습니다. 그는 제가 자란 곳, 저의 믿음, 가족, 심지어 제 남편 토미에 관해서도 알고 싶어 했습니다. 반대로 저도 그의 아내와 자녀들에 대해 알게 되었고 예수 그리스도에 대한 그의 독실한 믿음과 '그리스도를 따르는 자'가 된 그의 헌신에 관한 진가를 알게 되었습니다.

댄은 칙필레의 이름으로 불친절한 대우를 받은 사람들에 관해 들었을 때, 후회와 진심 어린 슬픔을 표현했습니다. 그러나 결혼에 대한 그의 순전한 믿음에 대해서는 사과하지 않았습니다"라는 내용을 쉐인이 자신의 기사에 담았습니다.

케이시 가족 웹사이트(the Cathy family website)에서 댄의 페

이지에는, 이렇게 써 있습니다.

"마태복음 6장 33절이 중요합니다. '그런즉 너희는 먼저 그의 나라와 그의 의를 구하라 그리하면 이 모든 것을 너희에게 더하시리라'" 피터 허버드, 『Love Into Light』.

피터 허버드의 책에서 한 문장이 제 눈을 사로잡았습니다. 바로 이 문장입니다. "그는 운동^{movement}을 본 것이 아니라 개인 한 사람을 보았습니다. 그는 적대감이 아니라 사랑으로 응답했습니다. 사랑 안에서의 진리."

우리는 동성애 운동에 맞서야 하지만, 단지 운동으로서만 이 운동을 보지 말아야 합니다. 매일 만나는 사람들과 친구가 되십시오. 그들을 한 사람씩 개별적으로 보십시오.

7. 그들을 사랑해야 하지만 그들의 운동에 대해서는 맞서 싸워야만 합니다.

우리 마음속에서 일어나는 **작은 싸움**이 있고, 동성애 운동에 맞서는 **큰 싸움**이 있으므로 우리는 **작은 싸움**, **큰 싸움**을 나눠서 생각해야 합니다.

앞서 우리는 [26] 분을 내어도 죄를 짓지 말며 해가 지도록 분을 품지 말고 [27] 마귀에게 틈을 주지 말라 엡 4:26-27 이 말씀으로, 우리의 영적 전쟁 중 **작은 싸움**에 관해 자세히 배웠습니다. 이 말씀에 순종하여 작은 싸움에서 이기고 한 사람 한 사람과의 만남에서 화를 내지 말고 사랑으로써 관계를 맺어야 할 것입니다. 그런데 역시 잊지 말아야 할 큰 싸움이 있습니다. 작은 싸움에 관한 에베소서 4장에서 두 장을 넘어가면 나오는 **큰 싸움**에 대한 말씀입니다.

[12] 우리의 씨름은 혈과 육을 상대하는 것이 아니요 통치자들과 권세들과 이 어둠의 세상 주관자들과 하늘에 있는 악의 영들을 상대함이라 [13] 그러므로 하나님의 전신 갑주를 취하라 이는 악한 날에 너희가 능

히 대적하고 모든 일을 행한 후에 서기 위함이라 엡 6:12-13

문화 전쟁에 관해 앞서 이야기했듯이 세상의 문화 속에도 큰 싸움이 있습니다. 동성애 운동은 이 사회에 거짓말을 꽉 채워 가정들을 파괴하고, 성경적 생각들을 파괴하고, 욕구들을 그대로 분출하며 살게 하려는 것입니다. 거짓말로 생각을 채우는 것입니다. 그러므로 사탄의 역사입니다. 사람들이 하는 것이지만 그것을 주장하는 영적 세력이 실존하는 것입니다. 우리가 잊지 말아야 할 큰 싸움입니다.

동성애 운동에 참여한 사람들 개인은, 우리 사역의 대상입니다. 그래서 그들을 사랑해야 하므로 그 개인들을 정죄하지 말라고 했습니다. 그런데 우리는 동성애자만 복음을 전파해야 하는 것이 아니라, 동성애자 아닌 다른 모든 사람에게도 전파해야 합니다. 문제는 이 동성애 운동이 다른 사람들을 향한 복음 전파를 방해한다는 것입니다. 따라서 우리가 동성애자들에게 복음을 전파해야 하지만 다른 사람들이 복음을 듣는 것을 방해하면 그 운동과 싸워야 한다는 것입니다.

동성애 운동을 보면 세 가지 단계로 움직입니다.

- 첫 번째로 개인적인 권리를 위해 싸웁니다. 한국은 이 과정에 있

습니다.

- 두 번째로 이 운동의 목적은 법을 바꾸는 것입니다. 미국이 이 단계에 있습니다.

- 세 번째는 교육 시스템으로 갑니다. 캐나다가 여기에 있습니다.

캐나다는 어느 정도일까요? 교실에서 성관계에 관해 가르치는데, '성관계 중에 동성애 섹스를 어떻게 하는가?'라는 내용이 단원의 한 장으로 들어가 있습니다. 그것만이 문제가 아니라 더 나아가 교실에 있는 학생의 부모 중에 크리스천 부모가 이 사실을 알고, "우리 애는 그 교실에 들어가는 것을 원하지 않습니다"라고 말하며 그 수업에서 빼주기를 요구한다고 해도 빼지 못합니다. 법적으로 뺄 수 없게 되어 있습니다. 아이들이 교실에 들어가 있어야 합니다. 그 정도로 법이 만들어져 있습니다. 캐나다가 살기 좋은 나라라고 하는데 교육 시스템에는 이런 어려운 사정이 있습니다. 한국은 첫 번째 과정에 있습니다. 시간문제이지 두 번째 과정으로 가게 되어 있습니다. 미국은 지금 두 번째 단계에서 세 번째 단계 사이에 와 있습니다. 조금씩 그리고 조금씩 바뀌게 되어 있습니다. 미국의 교육 시스템도 시간문제이지 캐나다와 같은 방향으로 가고 있습니다.

따라서 개인적으로는 우리가 사랑하고 전도해야 하지만 그 운동과는 싸워야 합니다. 다음 세대에 큰 영향을 주기 때문입니다. 대통령 선거가 매우 중요한 이유가 있습니다. 미국의 경우 대법원에 재판관이 9명 있습니다. 법을 정하는 사람들입니다. 2015년 이 사람들에 의해 5대 4로 동성 결혼이 합법화된 것입니다. 매우 중요한 사람들입니다. 이들을 대통령이 임명합니다. 2017년에 한 명을 새로 임명했습니다. 미국의 연방 대법관은 종신직입니다. 그런데 다음 대통령 임기 중에 2-3명 정도가 더 바뀔 것이라고 예상하고 있습니다. 그렇다면 다음 대통령이 앞으로 한 100년을 바라보는 결정을 하는 법들을 다룰 아홉 명 중에 두세 명을 결정하는 대통령이 되는 것입니다. 동성 결혼을 합법화하는 법을 결정했을 때 그 법도 다음 한두 세대를 넘어서까지 유효성을 가진다는 것입니다. 지금 아이들의 아이들에게까지도 영향을 미치는 그런 결정이었던 것입니다. 여러분도 미국의 선거를 위해서 기도를 해주셔야 합니다. 미국 법이 바뀌면 세계 문화에 엄청난 영향을 미치기 때문입니다. 아무튼, 이 세상에서 선거와 같은 것들이 크리스천의 삶과도 매우 관련이 있습니다. 그래서 개인적인 사역이 있고, 공중 싸움, 즉 영적인 큰 싸움과 관련한 사역이 있습니다.

V. 목회적 권면

우리가 동성애와 관련한 모든 것을 매우 깊게 이야기 나누지는 못하겠지만, 생각해볼 필요가 있는 내용을 선택하여 말씀드리고 있습니다. 다만 다루는 지점마다 가능한 한 아주 조금이라도 더 깊이 이야기하려고 노력하고 있습니다. 여기서도 각 주제에 관해 할 수 있는 한 조금 더 깊이 생각하겠습니다.

1. 제 설교에 동의하지 않는 분들께

저의 요청에 귀를 기울이시길 부탁드립니다. 제가 말씀드릴 때 동의하지 않으시는 분들은 성경을 읽으면서 마음을 열고 잘 묵상을 해보시면 이해하실 것입니다. 우리가 성경 공부를 할 때는 반드시 성령님의 조명하심이 있어야 하므로 기도하면서 깨닫기를 소망해야 합니다.

> ¹⁰ 내가 전심으로 주를 찾았사오니 주의 계명에서 떠나지 말게 하소서 ¹¹ 내가 주께 범죄하지 아니하려 하여 주의 말씀을 내 마음에 두었나이다 ¹² 찬송을 받으실 주 여호와여 주의 율례들을 내게 가르치소서 시 119:10-12

> 내 눈을 열어서 주의 율법에서 놀라운 것을 보게 하소서 시 119:18

> ¹⁰ 오직 하나님이 성령으로 이것을 우리에게 보이셨으니 성령은 모든 것 곧 하나님의 깊은 것까지도 통달하시느니라 ¹⁴ 육에 속한 사람은 하나님의 성령의 일들을 받지 아니하나니 이는 그것들이 그에게는 어리석게 보임이요, 또 그는 그것들을 알 수도 없나니 그러한 일은 영적으로 분별되기 때문이라 고전 2:10, 14

이로써 우리도 듣던 날부터 너희를 위하여 기도하기를 그치지 아니하고 구하노니 너희로 하여금 모든 신령한 지혜와 총명에 하나님의 뜻을 아는 것으로 채우게 하시고 골 1:9

두아디라 시에 있는 자색 옷감 장사로서 하나님을 섬기는 루디아라 하는 한 여자가 말을 듣고 있을 때 주께서 그 마음을 열어 바울의 말을 따르게 하신지라 행 16:14

교회 안에, 같은 성별에게 성적 매력을 느끼는 사람들이 있어도 우리의 일부인 그런 사람들을 정죄하지 않을 것입니다. 만약 그 사람이 아직 기독교인이 아니라면 반드시 성경 공부를 해야 합니다. 그리고 그리스도를 알아야 합니다. 그리스도께 오기도 전에, 같은 성별에 성적 매력을 느끼는 문제의 해결을 포기하지 마십시오. 또한 방향을 모르는 싸움에 시간을 보낼 필요가 없습니다. 사실 여러분이 크리스천이든 아니든 간에 계속 성경을 공부해야 합니다. 그러면 이것이 사실인지 아닌지 볼 수 있습니다. 무엇이 맞는지 확인하십시오. 성경에 따라 지금 들은 것이 맞는지 확인하십시오. 그리고 요청합니다. 기도하십시오. 어떤 종류의 죄든 어떤 종류의 중독이든 기도하십시오. 평생 우리는 하나님의 말씀에 순종하여 싸워야만 합니다. 그리하여 그리스도가 원하시는 모습으로 변화되어야 합니다.

2. 동성애 욕구로 고심하는 분들께

상담에서 이런 분들을 많이 만났습니다. 저희 CFC를 예로 들면, 현재 문화가 널리 퍼진 것은, 지난 10년간보다 이번 10년간, 곧 CFC의 세 번째 10년을 거의 보내고 있는 지금이라고 저는 믿습니다. 과거 동성애에 관해 이야기를 나눴던 사람들이 더 적었다고는 생각하지 않습니다. 하지만 지금 동성애로 고심하는 사람들이 더 많다고 믿습니다. 여러분도 아시다시피 지금은 일단, 동성애에 관한 것들에 반대하는 원칙이 없습니다. 그렇죠? 더욱이 동성애에 관한 많은 오해가 허용되고 퍼지고 있습니다.

권면을 드립니다. 같은 성별에 성적으로 끌림이 있을 때, 그 이유 중 하나는 포르노그래피입니다. 성적 존재인 우리가 자꾸 접하다 보면 자극을 받아서 그런 욕구가 생길 수 있습니다. 포르노는 생긴 욕구를 더 자극하고 더 발달시킵니다. 많은 사람이 경험하고 있습니다. 포르노를 피하고 멀리해야 합니다. 우리의 죄악된 욕구를 자극하는 다른 모든 것도 문화와 사회 속에서 역시 우리에게 나쁜 영향을 끼치고 있습니다. 우리를 자극하는 것들은 더 많아지고 있고 다음 세대엔 더 많은 사람이 영향을 받을 것입니다. 우리의 자녀 세대 역시 그 길로 가고 있습니다. 무언가 기적적인 일이 일어나지 않는 한, 장래 우리의 자녀 중 더 많은 사람이 동성애 관련 문제로 고심할 것입니다.

감사하게도 교회 안에서 동성애 욕구로 고심하고 있는 사람들이 하나님의 은혜로 계속 싸우고 있습니다. 많은 사람이 다른 종류의 정욕에서 나온 감정 애착과 싸우고 있는 것과 마찬가지입니다.

성경적 결혼 밖의 그 어떤 성적 관계라도 우리는 싸워야 합니다. 결혼 후에 당신은 계속 이런 유혹과 싸워야 합니다. 하나님의 은혜로 계속 싸우십시오. 세상의 영향을 끊어내십시오. 죄를 짓기 위해, 당신의 욕구들을 자극하는 것들로 당신의 마음에 먹이를 주는 것을 중단하십시오. 죄악의 욕구들을 증대하는 것을 멈추십시오. 생각의 패턴을 훈련하십시오.

만약 동성애 욕구로 고심하는 독신이라면 **두 가지 선택**이 있습니다. 동성에게 성적으로 끌리는 것^{SSA}이 잠깐 있다가 없어지는 것은 누구에게나 가능합니다만, 정말 강하게 있으신 분들은 고민하면서 싸워야 하는데 두 가지 선택이 있습니다. 그중 한 가지는 독신으로 남는 것입니다. 계속 독신으로 남아 홀로 싸우기를 선택하는 것입니다. 동성애 행위는 죄이기 때문에 평생 독신으로 살면서 성적인 것을 벗어나 하나님의 일을 하겠다고 결심하는 것입니다. 그리고 다른 하나는 **결혼**을 할 수 있습니다. 결혼을 선택한 많은 분을 저는 알고 있습니다. 역시 싸워야 합니다. 다만 혼자가 아니고 둘이 함께 싸우는 사람들을 압니다. 결혼하여 부부 생활을 잘 하는 가운데 동성에 관한 욕구가 바뀔 수 있습니다. 그런 커플이 많이 있습니다. 성경적 부부 생활 속에서 기쁨을 경험하면서 변화됩니다. 단, 결혼 전 교제할 때 비밀로 하면 안 됩니다. 주님께 기도하면서 데이트할 때 이 욕구(SSA)가 있다는 사실을 반드시 말해야 합니다. 이런 것으로 고심하고 있으며, 복음 안에서 당신과 함께 하나님께 영광을 돌리며 살고 싶은데 나와 같이 싸워줄 수 있겠냐고 물어야 합니다. 동의할 때 결혼하면 승리할 수 있습니다. 연애할 때 허락을 받고 결혼한 부부들이 동성애 욕구와 싸우고 있습니다. 함께 싸웁니다. 이렇게 해서 많은 분이 극복했습니다. 복음 안에서 충분히 가능합니다. 동성애 욕구로 고심하지만 결혼을 하고 싶다면 주 안에서 기쁘게 선택하시길 권면합니다. 저는 믿습니다. 우리는 성적인 존재로 태어났기 때문에 즐거움을 경험하면 모든 종류의 성적 욕구들을 발달시킬 수 있는 가능성이 있다는 것입니다. 죄악의 성적 욕구를 발달시킬 수도 있지만 반대로 성경적 성생활을 가능하게 할 수 있습니다. 시간은 좀 걸리겠지만 많은 사람이 그렇게 했고 극복할 수 있었습니다. 다만 결혼 전에 당신의 고민에 대해 상대방에게 확실히 알리고 허락받아야 한다는 것을 잊지 마시기 바랍니다. 많은 사람이 극복했습니다. 이름을 말하진 않겠지만 극복한 커플들을 잘 알고 있습니다.

두 가지 선택 중 혼자 살기로 결정한 **금욕적 독신**에 관해 보겠습니다.

마태복음 19장을 보면, 예수님의 말씀이 나옵니다.

⁶ 그런즉 이제 둘이 아니요 한 몸이니 그러므로 **하나님이 짝지어 주신 것을 사람이 나누지 못할지니라** 하시니 ⁹ 아내를 버리고 다른 데 장가 드는 자는 간음함이니라 ¹⁰ 제자들이 이르되 만일 사람이 아내에게 이같이 할진대 **장가 들지 않는 것이 좋겠나이다** ¹¹ 예수께서 이르시되 사람마다 이 말을 받지 못하고 오직 타고난 자라야 할지니라 ¹² 어머니의 태로부터 된 고자도 있고 사람이 만든 고자도 있고 천국을 위하여 스스로 된 고자도 있도다 이 말을 받을 만한 자는 받을지어다

마 19:6, 9-12

제자들이 들을 때 예수님이 말씀하시는 결혼에 지키기 쉽지 않은 내용이 있었습니다.

⁶ 그런즉 이제 둘이 아니요 한 몸이니 그러므로 **하나님이 짝지어 주신 것을 사람이 나누지 못할지니라** 하시니 ⁹ 아내를 버리고 다른 데 장가 드는 자는 간음함이니라 마 19:6, 9

그래서 제자들이 말하고 있습니다. "이혼 못하는데 차라리 혼자 살까요?" 만일 사람이 아내에게 이같이 할진대 장가 들지 않는 것이 좋겠나이다 마 19:10 "결혼을 안 하면 힘들지만 결혼을 해도 힘든데 이혼을 할 수 없다면, 저는 그냥 혼자 살겠습니다"라는 뜻입니다.

그래서 예수님은 고자에 관해 말씀합니다. 그런데 예수님이 말씀하시는 '고자'가 되는 것과 제자들이 말하는 '장가들지 않는 것'은 그 내용이 다릅니다. 11절은 말씀합니다. "사람마다 이 말을 받지 못하고 오직 타고난 자라야 할지니라" 12절에서 예수님은 세 종류의 사람을 말합니다. "어머니의 태로부터 된 고자"가 있고 "사람이 만든 고자"가 있습니다. 육체적으로 일어난 일들입니다. 그리고 "**천국을 위하여 스스로 된 고자도 있도다**" 육체적으로 문제가 없으나 **자발적 독신**으로 남아있는 사람들이 있습니다. 천국을 위해 자발적으로 독신이 된 사람들이 있다는 말씀입니다. 인류 역사상 그렇게 하는 것은 매우 가능한 일입니다. 많은 사람이 그렇게 했습니다. 그런데 현재는 매우 불가능해 보일 수도 있다는 것을 저는 압니다. 아시다시피 이 사회는 낭만적인 결혼 문화가 매우 발달해 있고 성적 욕구가 매우 고조되어 있기 때문입니다. 그럼에도 불구하고 천국을 위해 독신을 선택할 수 있습니다. 성적인 욕구를 극복하는 것 또한 매우 가능한 것입니다. 독신으로 남는 것? 예를 들어 많은 사람이 선교 현장에서 그렇게 했습니다. 물론 모든 사람이 할 수 있는 것은 아닙니다. 그러나 가능한 선택입니다.

한국은 상황이 좀 다를지도 모르겠습니다. 제가 사는 미국 사회 안에는 무척이나 결혼하고 싶어 하는 많은 사람이 있음을 알고 있습니다. 제 주위에도 많이 있습니다. 결혼해서 아이를 갖고 행복한 가정을 이루는 것이 현재 미국 문화 안에 매우 고취되어 있습니다. 긍정적인 일이지만 그 모습과 다르게 사는 사람들에겐 어려운 환경이 될 수 있습니다. 믿음의 결단으로 성경 말씀에 더욱 순종하는 삶, 하나님께 더욱 영광을 돌리는 삶을 위해 독신으로 사는 사람들이 있기 때문입니다. 모든 크리스천이 그렇게 살 수 있는 것은 아니지만, 충족되지 않은 욕구를 가지고 사는 것은 기독교인의 삶의 일부분이라고 할 수 있는 것입니다. 결혼을 했는데 자녀가 없는 이들이 있습니다. 어떤 이들은 행복하지 않은 결혼을 하고 삽니다. 육체적인 장애가 있는 사람들도 있습니다. 원치 않은 아이가 있는 사람들도 있습니다. 사랑하는 이와 일찍 이별한 사람들도 있습니다. 이 세상 삶 속에 있는 모든 고통의 부분들입니다. 그것을 극복하고 끊임없이 세상적 욕구를 거부할 수 있어야 합니다. 최대한 하나님의 왕국을 위해 사십시오. 이는 매우 중요하다고 믿습니다. 우리는 그리스도의 교회 안에서 순결한 독신을 위한 선하고 건강한 신학을 발달시켜야 합니다. 저는 이에 대해 생각했을 때 '와우!' 매우 중요하다고 느꼈습니다. 그렇지 않으면 일반적인 독신들뿐만 아니라 이혼한 사람들 또는 독신으로 남아 같은 성별에 성적 매력을 느끼는 것과 싸우는 사람들 그리고 하나님의 나라를 위해, 하나님께 최대한 영광을 돌리며 살기 위해 자발적으로 독신으로 남은 사람들을 특이한 사람으로 여기며 거리를 둘지도 모릅니다. 그러면 그 사람들이 소외감을 느낄 수 있습니다.

독신에 관련한 신학을 성경 말씀으로 견고하게 정리하여 발전시켜 유용하게 적용할 수 있게 되길 소망합니다. 이렇게 하는 것이 매우 가능하다고 믿습니다. 고린도전서 6-7장에 관해 이야기할 때 우리는 독신에 관해 하나님께서 바울에게 주신 생각을 읽음으로써 영광스럽게 하나님을 섬길 수 있습니다. 그러면 선교를 위해 예수 그리스도의 교회 안에서 더욱더 많은 헌신의 시간을 만들 것입니다. 따라서 저는 믿습니다. 우리가 가정에 관한 좋은 신학을 연구 발전시킨 것만큼 독신에 관한 좋은 신학을 발전시켜야 한다고 믿습니다. 가정에 관한 신학 연구로 성도들이 하나님 말씀에 잘 순종할 수 있도록 많은 교재가 나와 있습니다. 그처럼 주님을 위해 독신을 선택하는 사람들에게도 도움이 필요합니다. 이들이 성경에서 말씀하시는 하나님의 뜻을 더욱 잘 알 수 있도록 독신을 위한 신학을 더욱 연구해야 합니다. 그리하여 하나님께서 주시는 더욱 큰 은혜를 우리 모두 체험할 수 있으면 좋겠습니다. 저는 이에 대해 생각했었고 확신하게 되었습니다.

3. 복음은 동성애자들을 구원할 수 있습니다. 하나님의 은혜로 동성애 욕구가 변할 수 있습니다.

고린도 교회에도 변화된 사람들이 있었으므로 성경에 기록된 것입니다.

> ⁹불의한 자가 하나님의 나라를 유업으로 받지 못할 줄을 알지 못하느냐 미혹을 받지 말라 음행하는 자나 우상 숭배하는 자나 간음하는 자나 탐색하는 자나 남색하는 자나 ¹⁰도적이나 탐욕을 부리는 자나 술 취하는 자나 모욕하는 자나 속여 빼앗는 자들은 하나님의 나라를 유업으로 받지 못하리라 고전 6:9-10

> 너희 중에 이와 같은 자들이 있더니 고전 6:11

고린도 교회에 이런 사람들이 있었습니다. 그러나 예수를 믿으면 어떻게 됩니까?

> 주 예수 그리스도의 이름과 우리 하나님의 성령 안에서 씻음과 거룩함과 의롭다 하심을 받았느니라 고전 6:11

이 말씀은 변화를 받은 사람들이 고린도 교회에 있었다는 말입니다. 저희 교회에도 있습니다. 하나님께서 충분히 하실 수 있습니다.

하나님의 은혜로 욕구가 바뀔 수 있습니다. 다만 우리는 항상 죄성을 가지고 있으므로 유혹이 늘 있을 수 있습니다. 그래서 이 땅에서는 사실 완전히 없어지는 것이 아닙니다. 지금 당장은 욕구가 없을 수도 있지만 누구에게나 다시 생길 가능성이 남은 것입니다. 그러나 완전히 없어지지 않았더라도 계속 비성경적 욕구와 싸우면서 결혼 생활을 하는 가운데 결국 이기고 극복할 수 있습니다. 하나님께서 분명히 치유해주실 수 있고 변하게 해 주실 수 있습니다. 아멘!

4. 동성애에 관한 좋은 책들을 소개합니다.

우선 제 설교에 도움을 준 두 가지 자료가 있습니다. 하나는 에드워드 웰치(Edward T. Welch)의 글입니다. CCEF 웹사이트 'https://www.ccef.org'에 가면, "동성애: 현재의 사고방식과 성경적 지침 (Homosexuality: current thinking and Biblical guidelines)"이라는 제목의 글을 찾아볼 수 있습니다. CCEF는 상담을 위한 재단입니다. 이와 관련한 글들을 볼 수 있을 것입니다. 동성애에 관한 탁월한 글들, 가장 좋은 글들을 볼 수 있습니다.

오늘 설교의 두 번째 자료는 피터 허버드(Peter Hubbard)의 "Love Into Light: The Gospel, the Homosexual and the Church"라는 책입니다. 교회에서 동성애 커뮤니티를 대상으로 사역할 때, 어떻게 동성애자들을 전도할 수 있는가? 실제적으로 잘 적용하는 데 도움을 주는 좋은 책입니다. 설교 준비할 때 이 두 가지 자료는 제게 매우 도움을 주었습니다. 예수 그리스도의 교회로서 동성애 커뮤니티에 사역을 감당하는 실용적인 측면에서는 "Love Into Light" 이 책이 좀 더 도움이 될 수 있습니다. 교회의 수련회 자료로도 매우 유익하다고 생각합니다. 그리고 에드워드 웰치의 글들은 진정 철학적인 기초를 제공합니다. 요즘은 동성애 욕구의 근원에 관해 말해주고 있습니다. 동성애가 발달하는 과정에 대해 비성경적이지만 일반적인 생각은 이렇다고 합니다. 동성애의 우선적 원인은 생물학적인 문제, 동성 부모와의 관계에 있는 어떤 결핍, 낮은 자존감 등이고 이러한 앞선 원인으로 인해 죄를 짓게 된다는 것입니다. 죄를 지은 후 반응으로 동성애가 나타난다고 말합니다. 결국 동성애의 발현에 사람은 책임이 없다는 뜻입니다. 그래서 동성애로부터 돌이키기 위한, 우리의 죄를 진단하고 회개를 명하는 성경 말씀의 진리는 고려 대상이 아닙니다. 그러나 저는 믿습니다. **성경이 말씀하시는 것은 우리의 죄악된 마음이 바로 충분한 원인이라는 것입니다.** 우리의 죄성을 자극하고 영향을 줄 수 있는 것들은 유전적인 것, 친구들, 가족 문제, 연장자에 의한 성적 폭력 등이 있습니다. 그 외에도 죄악된 마음에 영향을 미칠 수 있는 매우 많은 요소가 있습니다. 이 모든 것에 영향을 받을 수 있지만 드러나는 죄들은 결국 내 마음속 죄악된 욕구들의 표현인 것입니다. 어떤 유전적 요소는 동성애를 포함하는 특정 종류의 죄에 좀 더 쉽게 빠지게 할 수 있지만 그것이 충분한 원인이 될 수는 없습니다. 하나님의 은혜로 이기는 사람들이 있기 때문입니다. 우리의 죄악된 욕구들로부터 실질적인 행위가 이어지는 것입니다. 우리의 해답은 오직 하나님께만 있습니다.

다른 책들을 소개합니다.

케빈 드영(Kevin Deyoung)이 쓴 "What Does the Bible Really Teach about Homosexuality?"라는 책이 있습니다. 성경이 동성애에 관해 어떻게 가르치는지 잘 설명하고 있습니다. 리처드 헤이스(Richard B. Hays)의 "The moral vision of the New Testament"도 좋은 책입니다. 웨슬리 힐(Wesley Hill)의 "Washed and Waiting: Reflections on Christian Faithfulness and Homosexuality"도 좋은 책입니다. 저자 웨슬리 힐은 휘튼 대학을 졸업했고, 신학대학의 교수인데, 같은 성별에 성적으로 끌리는 문제로 고심하며 싸웠습니다. 결혼을 하지 않고 순결을 지키는 것으로 문제를 해결하고 있습니다. 정직하고, 성경적으로 신실한 것입니다.

그리고 크리스토퍼 유안(Christopher Yuan)의 "Out of a Far Country: A Gay Son's Journey to God. A Broken Mother's Search for Hope."라는 책이 있습니다. 저자는 중국계 미국인입니다. 동성애 생활 방식으로 살다가 돌아와서 변화를 받고 결혼도 했습니다. 이 책에 자신의 간증이 들어있습니다.

- 역자 후기 -

주제에 관한 모든 지식을 전달하는 것이 목적이 아니라
하나님의 마음과 뜻을 전달하는 설교
백과사전처럼 정리된 문장이 아니라
백과사전이 필요 없는 설교
하나님의 말씀을 설교자와 함께 듣는 설교

예수님의 피 묻은 반복과 강조
주저함 없이 그대로 옮겼습니다.

설교자의 기도와 소망대로
성령님의 음성이 심령에 들리길
변화의 길로 나아가길

쓰임받는 설교가 되길
기도합니다.

-안상욱-

진리와 사랑으로 판단하는 법:
선한 분별

진리와 사랑으로
판단하는 법:
선한 분별

마 7:1-6

¹ 비판을 받지 아니하려거든 비판하지 말라 ² 너희가 비판하는 그 비판으로 너희가 비판을 받을 것이요 너희가 헤아리는 그 헤아림으로 너희가 헤아림을 받을 것이니라 ³ 어찌하여 형제의 눈 속에 있는 티는 보고 네 눈 속에 있는 들보는 깨닫지 못하느냐 ⁴ 보라 네 눈 속에 들보가 있는데 어찌하여 형제에게 말하기를 나로 네 눈 속에 있는 티를 빼게 하라 하겠느냐 ⁵ 외식하는 자여 먼저 네 눈 속에서 들보를 빼어라 그 후에야 밝히 보고 형제의 눈 속에서 티를 빼리라 ⁶ 거룩한 것을 개에게 주지 말며 너희 진주를 돼지 앞에 던지지 말라 그들이 그것을 발로 밟고 돌이켜 너희를 찢어 상하게 할까 염려하라

들어가며

우리는 하나님을 사랑하고 또한 서로 사랑해야 합니다. 그래서 이 시간 함께 하나님을 경배하고 찬양하고 예배하기 위해 여기에 모였습니다. 서로 강하게 하나가 되어야 합니다. 결합해야 합니다. 그래야 함께 이곳을 그리고 세계를 예수 그리스도의 사랑으로 정복할 수 있습니다. 하나가 되도록 연합해야 그리스도의 소금과 빛으로서 세상에 파고들어 큰 영향을 미칠 수가 있습니다.

세상을 정복하기 위해 필요한 우리의 연합과 일치, 그 하나 됨을 깨는 것은 '죄'입니다. 이 죄는 소그룹 동료, 룸메이트, 동역자, 가족 간의 연합과 일치를 깹니다. 죄는 관계를 허뭅니다. 죄는 항상 부수고, 깨고, 나누고, 분열시키고, 서로 분리합니다. 죄는 하나님과의 관계를 깹니다. 그리고 다른 사람과의 관계를 깹니다.

저는 관계를 깨는 두 가지 죄에 관해 생각했습니다. 우리가 꼭 알아야 합니다. '성적인 죄'와 '험담'gossip입니다. 성적인 죄는 자신의 몸에 깊게 영향을 미침으로써 관계를 깹니다. 대개 비공개적이고 비공식적으로 관계를 깹니다. 반면 험담은 좀 더 공개적이고 공적입니다. 험담은 사람들 앞에서 관계를 깹니다. 그리스도의 몸에 더 넓게 영향을 미칩니다. 성적인 죄는 '하나님의 전'인 '개인의 몸'으로 깊이 침투하고, 험담은 혹 그것이 악의 없는 듯 보일지라도 궁극적으로 더 넓게 침투하여 '주 예수 그리스도의 몸인 교회'를 헙니다.

험담의 원천으로 깊이 들어가 보면 그것은 다른 사람을 정죄하고 심판하고자 하는 의도를 가진 마음의 자세입니다. 그런 자세가 우리의 말로, 우리의 험담으로 나타나는 것입니다. 결국, 마음의 문제입니다. 우리가 서로 사랑하지 않으면 마음에서 정죄하고 험담으로 드러나는 것입니다. 험담은 내 마음속에서 타인을 정죄하는 증거인 것입니다.

험담은 날아가는 총알들과 같아서 서로 상처를 입힙니다. 사탄은 그런 세상에서 행복해합니다. 분열을 기뻐합니다. 박윤선 목사의 로마서 주석은, "수군수군^{gossip}하는 자롬 1:29, 곧 은밀히 남을 훼방하는 자는 독사보다 악한 자이다. 가까이 있는 사람만이 아니라 멀리 있는 사람들을 해하기 때문이다"라고 말합니다. 깊이 새겨들을만한 내용입니다.

우리는 험담하지 않도록 하나님의 특별한 은혜를 더욱 구해야 합니다.

오늘은 우리가 그릇되게 판단하지 않고, 어떻게 하면 진리와 사랑으로 올바르게 판단할 수 있는가에 대해 이야기할 것입니다. 성경의 여러 곳을 살펴보면서 판단, 비판, 심판, 정죄에 관해 열 가지의 실제적인 제안을 드리겠습니다.

Ⅰ. 하나님께서 당신도 심판하실 것을 알고 다른 사람을 비판하십시오.

우리는 악한 동기를 가지고 그릇되게 판단하고 비판하지 않도록 주의해야 합니다. 그러면서 올바르게 판단하고 분별해야 합니다. 판단하고 비판할 때 반드시 기억해야 할 기본적 원리는 오직 하나님이 궁극적 심판자이시라는 것입니다. 바로 '나'는 반드시 심판받을 것이라는 사실을 도무지 피할 수 없습니다. 그래서 반드시 기억해야 할 또 한 가지는 하나님이 우리의 모든 생각, 말, 행동, 모든 잘못을 심판할 때가 오고 있다는 것입니다.

지으신 것이 하나도 그 앞에 나타나지 않음이 없고 우리의 결산을 받으실 이의 눈앞에 만물이 벌거벗은 것 같이 드러나느니라 히 4:13

모든 것이 그의 눈앞에 드러난다고 말씀하십니다. 하나님은 말씀으로 만물을 창조하셨고 유지하시는 것도 말씀으로 하십니다. 따라서 영원한 안식을 주시겠다는 하나님의 약속의 말씀 앞에서는 외식(外飾)하는 것이 용납되지 않음을 명심해야 합니다. 하나님의 말씀은 사람의 깊은 내용까지 다 드러내기 때문에 하나님은 모든 것을 아십니다.

¹ 비판을 받지 아니하려거든 비판하지 말라 ² 너희가 비판하는 그 비판으로 너희가 비판을 받을 것이요 너희가 헤아리는 그 헤아림으로 너희가 헤아림을 받을 것이니라 마 7:1-2

심판 날, 우리가 생각하고 말한 모든 것이 드러날 것입니다. "너희가 비판하는 그 비판으로 너희가 비판을 받을 것이요 (For with the judgment you pronounce you will **be judged**)"

이 말씀은 특별히 예수님이 직접 주시는 경고라는 점에서, 우리의 감정과 생각을 진정시키고 뜻깊게 자신을 살피게 하는 진지한 명령입니다. 이제 당신이 누군가를 비판하고 정죄하고 싶을 때면, '하나님이 나를 심판하실 것'을 기억하십시오. 물론 우리는 구원받은 백성이므로 그 어떤 죄도 다 용서받은 자로서 맞이할 심판 날은 말로 형용할 수 없이 기쁘고 감사한 날입니다. 신자에겐 상급이 있는 보상의 심판 날이기 때문입니다. 그러나 그날 우리의 미성숙하고 잘하지 못한 것들이 드러날 때 더욱 부끄럽고 황송할 것입니다. 따라서 이 땅에서 정죄하고 비판하고 싶은 것을 참아내고 성숙할수록 더욱 큰 기쁨이 있을 것입니다.

> ¹³ 각 사람의 공적이 나타날 터인데 그 날이 공적을 밝히리니 이는 불로 나타내고 그 불이 각 사람의 공적이 어떠한 것을 시험할 것임이라 ¹⁴ 만일 누구든지 그 위에 세운 공적이 그대로 있으면 상을 받고 ¹⁵ 누구든지 그 공적이 불타면 해를 받으리니 그러나 자신은 구원을 받되 불 가운데서 받은 것 같으리라 고전 3:13-15

'그 날'은 심판 날을 가리킵니다. '불'의 비유는, 좋은 건축 재료는 더욱 아름답고 튼튼하게 만들고 나쁜 재료는 소멸하여 버리는 심판의 성격을 보여줍니다. 누구든지 이 세상에서 행한 업적이 참으로 주님을 위한 것이고 진리대로 행한 것이라면 심판 날에 상을 받을 결과로 나타납니다. "그대로 있으면"이란 말씀은 그 업적이 진정하여 심판을 통과함이니 반드시 하늘의 상급을 받는다는 뜻입니다. 그러나 세상에서 세운 공적이 참으로 주님을 위한 것이 아니고 진리대로 행한 것이 아니면 비록 사람들 앞에 칭찬을 받아도 심판 날에는 서지 못합니다. 상을 받을 수 없습니다. 내가 업적이라고 생각하는 것이라도 다른 사람을 비난하고 세운 것이라면 그만큼 그날에는 불에 타버릴 것입니다. "구원을 받되 불 가운데서 받은 것 같으리라"라는 말씀은 위기일발의 멸망 위험을 피하여 겨우 구원받음을 가리킵니다.

II. 모든 것을 성경 말씀으로 판단하십시오.

성경은 말씀하시길, 그릇되게 판단하지 말 것이며 비판하지 말라고 합니다. 그런데 어쨌든 우리는 판단해야 하는 상황을 늘 맞습니다. 그러면 무엇이 기준인가요? 바로 성경입니다. 우리의 유일한 기준입니다. 우리의 이성을 사용하여 모든 것을 올바르게 판단해야 합니다. 우리가 직면하는 모든 것, 생각하는 모든 것을 바르게 판단해야 합니다. 바로 그것을 내 생각대로 하지 말고 성경의 기준대로 해야 합니다.

하나님 아는 것을 대적하여 높아진 것을 다 무너뜨리고 모든 생각을 사로잡아 그리스도에게 복종하게 하니 고후 10:5

우리의 마음으로부터 오는 모든 것, 보는 것에서 오는 모든 것, 생각에서 오는 모든 것은 평가받고 판단받아야 합니다. 성경 말씀으로 그것들을 바르게 이해하지 않으면 우리 주변의 잘못된 세상 철학의 영향으로, '나도' 역시 세상처럼 잘못 생각하고 판단하게 됩니다. 우리의 관점들은 일생을 사는 동안 듣는, 매우 다양한 형태의 많은 생각으로부터 형성됩니다. 그것이 진리라고 생각하고 판단합니다. 그러나 모든 것에 대한 답은 성경에 있습니다. 성경이 우리에게 올바른 관점을 줍니다. 하지만 우리는 인간의 방법으로부터 나오는 모든 이론, 경험, 생활 방식, 법, 철학 등을 취하여 살고 있습니다. 이때 크리스천이라면 모든 것을 성경 말씀으로 판단할 수 있는 사람, 하나님 앞에서 올바른 생각을 할 수 있는 사람이 되어야만 합니다.

어리석은 자는 온갖 말을 믿으나 슬기로운 자는 자기의 행동을 삼가느니라 잠 14:15

한글 성경의 '어리석은 자'는 영어 성경에서 'The simple'입니다. 여기서 'simple'은 'naive'의 뜻입니다. 속기 쉬운gullible 사람,

잘 넘어가는 사람을 말합니다. 이런 사람들에게는 어떤 어리석은 말을 해도 다 믿습니다. 농담을 해도 "진짜?" 이러면서 믿습니다. 그러나 크리스천들은 모든 판단의 순간에 신중하게 생각해야 합니다. 세상적 관점에서 단순히 사기당하지 말라는 뜻이 아니라 성경을 따라 진리와 진실을 잘 분별해 내라는 말입니다.

세상에 속한 것들은 항상 나의 죄성을 만족시켜 줍니다. 당신이 생각 없이 받아들일 때 그것은 당신의 기분을 좋게 해줍니다. 그러나 그런 습관이 하나님의 말씀 대신 이 세상 사람들의 말에 귀 기울이게 할까 봐 염려됩니다. 저는 여러분이 모든 것을 시험해 봤으면 합니다. 생각하는 법을 배워야 합니다. 훈련해야 합니다. 우리의 이성과 마음은 마치 진공청소기와 같습니다. 항상, 좋은 것뿐만 아니라 나쁜 것, 추한 것들도 다 빨아들입니다. 따라서 우리의 마음과 생각에 필터를 설치하여 나쁜 것과 추한 것은 걸러내야 합니다. 당신이 TV, 인터넷, 스마트폰 등에서 보고 있는 것들을 점검해 보십시오. TV, 인터넷, 스마트폰 등을 볼 때 우리는 너무나도 수동적입니다. 성경적으로 보면 웃지 않을 것에 웃고 있습니다. 혹시 당신은 혼인하지 않은 남녀가 동거하는 것을 보면서 웃을지도 모릅니다. 그러나 만약 그 대상이 당신의 부모, 자녀, 형제, 자매라면 웃지 않을 것입니다. 우리가 선한 판단과 분별없이 그저 수동적으로 보고 듣는 데 훈련되어 있기 때문에 모든 것을 그대로 받아들이는 것입니다. 그냥 웃기면 웃습니다. 우리가 생각 없이 무언가를 보며 웃고 있을 때, 그것은 어떤 면에서 그 무언가에 동의하는 것입니다. 우리는 반드시 자세를 고쳐 잡고 우리가 보는 모든 것을 평가해야 합니다. 적극적으로 성경적 판단과 생각을 해야만, 평상시 TV 프로그램이나 영화를 보더라도 그것으로부터 무언가 배울 수 있는 것입니다. 하나님을 사랑하면 모든 것에서 배웁니다. '오늘의 문화가 이렇구나!' 그 속에서 예화도 찾을 수 있습니다. 생각하는 법을 배우십시오. 당신이 영화나 TV 예능을 볼 때, "오, 저것은 성경적 원리다!", "아~ 이것은 너무나 비성경적이구나!" 이렇게 말하는 것을 한번 해 보십시오. 결코 자동 주행 장치에 마음을 맡기지 마십시오. TV에서 보는 것, 인터넷에서 접하는 것, 스마트폰에서 보는 것, 라디오에서 듣는 것, 신문에서 읽는 것에 대해 항상 성경 말씀에 비추어 객관적으로 생각하십시오! 제안합니다. 때때로 이런 것을 한번 해 보십시오. 즐기는 TV 쇼를 볼 때, 노트와 펜을 들고 성경 말씀에 비추어 오늘 배우거나 깨달을 수 있었던 것을 적어보십시오. 이전에 생각지 않았던 것을 한번 적어보십시오. 제가 말씀드리건대, 그것도 아주 재미있을 것입니다. 소그룹에서도 할 수 있습니다. 영화를 같이 보고 나서 한번 해 보십시오. 제가 만약 소그룹 리더라면 영화를 본 후 꼭 이야기를 나눌 것입니다. 저는 제 아이들과 영화를 본 후에는 영화에서 무엇을 배웠는지 꼭 물어보려고 합니다. 왜일까요? 그들이 배운 무언가가 비성경적일 수 있기

때문입니다. 우리는 바르게 해석하고 평가할 수 있도록 생각하는 법을
배워야 합니다. 모든 것을 성경 말씀에 따라 판단하십시오.

III. 판단 대부분을 말없이 가지고 계십시오.

많은 사람이 반대로 합니다. 판단하고 비판적인 의견 대부분을 다 말해 버리고, 아주 적은 양만 그냥 지니고 있습니다. 자신의 견해를 꼭 말로 표현할 필요가 없습니다. 분별을 위해 현재까지 가능한 모든 것을 시험해 보았다 할지라도 그 결과를 꼭 다른 사람과 나누어야 하는 것은 아닙니다. 잠언 12장 23절은 말하길, "슬기로운 자는 지식을 감추어도 미련한 자의 마음은 미련한 것을 전파하느니라"라고 했습니다. 혹시 주변에 이렇게 전파하는 사람을 아십니까? 혹시 당신은 어떤 사람인지 다른 이에게 물어보시기 바랍니다. 잠언 17장 28절은, "미련한 자라도 잠잠하면 지혜로운 자로 여겨지고 그의 입술을 닫으면 슬기로운 자로 여겨지느니라"라고 했습니다. 세상에도 "가만히만 있으면 중간이라도 간다"라는 말이 있습니다. 지금 자신보다 좀 더 나은 사람으로 보이길 원하십니까? 그러면 잠잠하십시오. 삼가십시오. 귀가 두 개고 입이 한 개인 이유가 있습니다. '듣는 양의 절반만큼만 말하라'라는 뜻으로 받는다면 지혜로운 것입니다. 최소한, 말하는 양의 두 배만큼을 들어야 합니다.

우리는 판단과 비판의 말을 할 때, 옳다고 생각합니다. 합리적이고 논리적이라고 생각합니다. 내가 말하면 비판의 대상이 변할 것이라고 생각합니다. 그러나 누군가에 대한 비판을 대중 속에 던질 때 그 비판에 직면하거나 전해 들은 대상이, 비판 그 자체로 진정 심령에서 변화를 일으키는 것은 지극히 드뭅니다. 실제 변화된 모습이 나타나더라도 대부분 외형적이고 일시적인 변화인 경우입니다. 하나님께서 금하시는 우리의 비판은 이기적이기 때문입니다. 그만큼 우리가 비판할 때 그 동기에서 순수하고 완전하게 사랑만을 담기가 매우 어렵기 때문입니다. 내 속에 비판의 욕구가 클 때면, 진정 그 대상이 하나님 앞에서 더욱 훌륭한 인격을 갖추길 원하기보다, 이기적으로 단지 대상을 욕하고 헐고 낮추고 싶은 마음이 더욱 많기 때문입니다. 내가 논리적이고 합리적이라고 생각하는 비판을 불특정 다수에게 노출하며 정의를 부르짖는 것은 진정 누군가가 하나님의 사랑으로 변화되길 바라는 것이 아니라 그저 나의 의를 높이는 행위의 유혹 속으로 뛰어드는 것이 되기 쉽습니다. 나의 비판의 대상보다 나는 훌륭한 사람이라는 뜻입니다. 그래서 유혹에 넘어가버리면 아무리 사랑의 비판이라고 부르짖어도 그것은 그 사람의 심령의 변화를 가져오지 못합니다. 단지 나의 비판의 대상이 나의 의를 높여주는 도구가 된 것일 뿐입니다. 그러나 실제로 하나님 앞에서 나의 의는 높아지지 않습니다. 사람을 정죄하고 악을 발하는 죄만 더할 뿐입니다. 하나님 앞에서 나를 돌아보지 않고 나의 동기를 점검하지 않은 비판은, 아무리 아름답고 겸손해 보이는 표현으로 포장해도 그 속엔 상대방을 죽이는 날 선 칼날이 도사리고 있기 쉽습니다. 혹 나의 비판의 대상이 진정한 변화를 일으키는 경우라도 그것은 나의 비판 자체가 선한 변화를 일으킨 것이 아니라, 비판을 받은 자가 비난을 받아들일 만큼 인격적으로 성숙하다는 증거입니다. 즉, 하나님께서 비판자의 악한 도구를 선으로 바꾸셔서 그를 감동하셨기 때문입니다.

진정 사랑의 동기로 선한 비판을 덕스럽게 하려면 먼저 자신의 동기를 살피고 하나님 앞에서 선한 도구가 될 수 있도록 간절히 기도해야만 합니다.

우리의 생각과 판단을 알릴지 말지, 의견을 말할까 말까 결정하는 데 도움이 되는 질문 몇 가지가 있습니다.

① **"내가 꼭 말해야만 할까?"**

이 말이 절대 필요한가?

② **"내가 이 말을 왜 하려고 하는가? 왜 원하는가?"**

내 마음의 동기가 무엇인가? 이것이 과연 다른 사람들을 세우기 위함인가? 덕스러운 말인가? 말한다면 덕스럽게 할 수 있는가?

③ **"듣는 이들이 기꺼이 받을까? 들을 준비가 되어 있는가?"**

진주를 돼지 앞에 던지지 말라는 원리입니다.

거룩한 것을 개에게 주지 말며 너희 진주를 돼지 앞에 던지지 말라 그들이 그것을 발로 밟고 돌이켜 너희를 찢어 상하게 할까 염려하라 마 7:6

교만한 자를 함부로 책망하면 교훈과 권면으로 받아들이기는커녕 반대로 가기 때문입니다.

거만한 자를 책망하지 말라 그가 너를 미워할까 두려우니라 지혜 있는 자를 책망하라 그가 너를 사랑하리라 잠 9:8

④ **"이것이 공적인 문제인가? 사적인 문제인가?"**

　공중 앞에서 말할 것인가? 일대일로 말할 것인가?

⑤ **"지금이 알맞은 때인가?"**

　경우에 합당한 말은 아로새긴 은 쟁반에 금 사과니라

　잠 25:11

⑥ **"내가 너무 비판적인가?"**

　과하게 들추고 과하게 비난함은 아닌가?

IV. 다른 사람을 비판하기 전에 자신을 보십시오.

진정 누군가를 돕고 싶은데, 지금 내 눈 속의 들보를 확인하고 있다면 우선 그 들보를 제거해야만 합니다. 들보가 있으면, 다른 사람들의 죄가 항상 나의 것보다 크게 보이기 마련입니다. 우리의 눈에 다른 사람의 죄가 보일 때면, 나 자신의 죄를 대하는 것보다 훨씬 더 감정적으로 됩니다. 우리의 눈 안에 들보가 있으면 교만할 것이고, 그렇다면 아직 누군가를 도와줄 준비가 되지 않은 것입니다. 주의 일의 현장에서는 시각 장애인이 시각 장애인을 인도할 수 없고, 시각 장애인이 시각 장애인을 고칠 수 없습니다.

> 또 비유로 말씀하시되 맹인이 맹인을 인도할 수 있느냐 둘이 다 구덩
> 이에 빠지지 아니하겠느냐 눅 6:39

비판하고 싶을 때, 이기심을 회개하지 않으면 교만이고 죄이며 나는 영적 시각 장애인과 같습니다. 바로 내가 하나님 말씀의 진주를 다룰 줄 모르는 돼지인 것입니다. 반드시 하나님 말씀에 비추어 스스로 시험하십시오. 그리고 내게 있는 들보를 제거하십시오. 그러면 다른 사람을 도울 수 있습니다. 우리의 죄를 회개하면 하나님의 은혜를 입어 하나님의 능력으로 들보를 제거할 수 있습니다. 그러면 다른 사람을 정죄하는 것이 아니라 다른 사람을 사랑할 수밖에 없게 됩니다. 우리가 은혜와 자비를 입을 때 비로소 다른 사람을 향하여 자비롭게 되는 것입니다.

V. 다른 사람을 비판하는 나의 동기를
판단하십시오.

마음에 죄를 품으면 다른 이들을 향해 비판적이기 마련입니다. 마음의 나쁜 동기는 다른 사람을 잘못 판단하고 비판하게 이끕니다. 그 예로 **이기심**을 들 수 있습니다. 내가 원하는 것을 갖지 못하여 이기심을 채우지 못하면, 그만큼 이기적인 사람에 대해 더 비판적으로 됩니다.

우리가 **교만**하면 자신이 하나님이라고 착각합니다. 물론 의식적으로 그렇게 생각하는 것은 아닙니다. 그러나 자신을 하나님의 자리에 앉히고 다른 사람을 심판합니다. 내가 자발적으로 하나님의 지위에 올라앉는다는 말입니다. 죄를 범한 아담의 욕구처럼 우리는 누군가보다 위에 올라가기를 좋아합니다. 심지어 하나님보다 위에 올라갑니다.

또한, **독선(자기 의)**의 죄는 어떤가요? 우리가 자신의 죄를 보는 것은 어려운 일입니다. 바로 죄성과 죄 때문입니다. 반면 다른 사람의 실수는 항상 우리의 시선을 끕니다. 다른 이의 허물과 실수는 늘 주목하고 그것을 과장하지만 나 자신의 것은 재빨리 지나칩니다.

그리고 **불신앙**과 **불안**의 죄를 생각해 보겠습니다. 불신앙 가운데 있으면 우리는 항상 걱정합니다. 이때 나를 위해 가장 좋은 방어는, 곧 선제공격입니다. 대학생 때 저는 기숙사에서 냄새가 심할 수 있는 한국 음식을 종종 해 먹었습니다. 혹시 여러분 아십니까? 욕실에 들어갔다 나오기 전까지는 음식 냄새가 얼마나 강하게 나는지 미처 모른다는 것입니다. 욕실에 들어갔다 나오면 방 네 개쯤 건너편 냄새도 맡을 수가 있습니다. 멀리서도 담배 냄새를 금방 맡을 수 있듯이 냄새에 예민해집니다. 자, 그러면 슬슬 걱정이 됩니다. 이럴 때 여러분은 어떻게 하시겠습니까? 제가 어떻게 했을까요? 나쁜 짓을 했습니다. 문밖에 나가서

"어디서 이 냄새가 나는 거야?"라고 소리칩니다. 이렇게 내가 먼저 성 난 것을 보여주면 아무도 내 방을 의심하지 않는다는 것을 알기 때문입니다. 참나! 교활합니다. 영적으로 우리 모두가 이렇다고 생각합니다. 제삼자의 입장에서 자신을 보면 내가 냄새나는 존재임을 우리는 압니다. 이때 나의 불신앙, 죄로 인한 불안을 회개하지는 않고 자기의 죄를 스스로 가리기 위해 소리칩니다. "도대체 어디서 냄새가 나는 거야?" 이렇게 해서 다른 사람들의 시선을 내게서 돌립니다. 그리고 생각합니다. '저들이 내 마음을 점검하진 못해!' 그러고는 다른 이들을 정죄합니다. 불신앙에 있는 사람들, 죄인들에게 그들의 입장에서 가장 좋은 방어는 먼저 공격하는 것입니다. 그것이 가장 유리해지는 길이기 때문입니다.

만약 당신이 원하는 자리에 다른 사람이 있으면 당신은 그를 **질투**합니다. 누군가가 당신이 원하는 무언가를 가지고 있으면 당신은 비판합니다.

또한, **편견**으로 인한 죄도 역시 우리를 비판적으로 만듭니다. 사람에 대한 선입견을 가지고 있으면 나와 관계가 별로 없는 사람에게도 비판적이 됩니다. 선입견이란, 증거 없이 형성된 견해를 말합니다. 예전에 어떤 비디오를 본 기억이 납니다. 누군가가 한 여인에게, "너희

일본 사람들은 무엇이든 원하는 것은 꼭 가지고야 말더라"라고 말합니다. 그때 그녀는, "우선 나는 내가 원하는 모든 것을 갖지 않았고, 둘째 나는 일본 사람이 아니다"라고 답합니다. 이 말을 듣고 "아, 그러냐!"라고 말하는 장면이었습니다. 우리가 이렇습니다. 인종에 대한 것뿐만 아니라 우리는 각자 마음과 생각 속에 수많은 선입견과 편견이 있습니다. 그리고 별로 나와 관계없는 사람에 대해서도 그 편견의 기준에 따라 그들의 행동을 분석하고 해석합니다. 그리고 비판합니다.

우리를 잘못된 판단과 비판으로 이끄는 또 다른 죄는 **용서하지 않는 것**입니다. 누군가가 내게 상처를 주었을 때, 직간접으로 전달한 나의 요구에 대한 그의 반응이나 태도가 어떠한가에 상관없이 그를 용서하지 않으면 그에게서 꾸준히 잘못을 발견해 내어 나의 용서치 않음을 정당화합니다. 끊임없이 반복합니다. "내가 이 사람을 용서할 수 없는 이유는 이 사람의 저런 잘못들 때문이다." 그러다 보면 이미 하나님 앞에서는 나의 정죄들로 인해, 내게 상처를 준 자의 죄보다 더 많은 죄의 자리에 가 있습니다. 결국, 내가 타인을 용서치 않는 마음은 나를 비판적이 되게 만듭니다. 그들의 죄와 허물을 찾아내는 데 집중하게 합니다.

근본적으로 이 모든 것들의 요약은 **사랑의 결핍**입니다. **사랑은**

허다한 죄를 덮지만 비판하고 정죄하는 마음은 허다한 죄를 들추어내는 것입니다. 사랑이 없으면 남의 허물을 들추어내고 폭로하는 그 과정과 정죄를 즐기게 되는 것입니다. 하나님 앞에 명백한 죄입니다.

미움은 다툼을 일으켜도 사랑은 모든 허물을 가리느니라 잠 10:12

무엇보다도 뜨겁게 서로 사랑할지니 사랑은 허다한 죄를 덮느니라 벧전 4:8

너희가 알 것은 죄인을 미혹된 길에서 돌아서게 하는 자가 그의 영혼을 사망에서 구원할 것이며 허다한 죄를 덮을 것임이라 약 5:20

사랑이 있는 사람은 다른 사람들의 죄를 발견하려고 하지 않고 그들의 나타난 과실에 대하여는 용서하고 또 잊어버립니다. 그러나 사랑이 없으면 다른 사람이 잘해도 불평이 있게 마련입니다. 그러므로 우리가 물질로 서로 돕는 것보다 용서로 돕는 것이 더 큰 사랑입니다.

여러분의 마음을 보고 자신에게 물으십시오. "왜 내가 이렇게도 비판적이고 이기적일까? 왜 이리도 분노하는가? 이것이 진정 사랑의 동기인가? 진정 하나님의 기준 때문인가, 나의 기준 때문인가?" 마음의 동기를 점검하십시오.

우리는 다른 사람들을 볼 때, 용서받을 자로 보지 말고, 용서받은 자로 볼 줄 알아야 합니다. 아직 저들이 회개치 않았더라도 하나님의 사랑의 동기로 믿음의 눈을 떠야 합니다. 시간을 초월하여 미리, 용서받은 자로 보는 것입니다. 마치 하나님께서 택한 백성을 미리 아신 것과 같습니다.

하나님이 **미리 아신** 자들을 또한 그 아들의 형상을 본받게 하기 위하여 미리 정하셨으니 이는 그로 많은 형제 중에서 맏아들이 되게 하려 하심이니라 롬 8:29

여기 '미리 아신'이란 미리 사랑하여 돌아보셨다는 말입니다. 미리 아시고, 사랑하시고, 택하셨다는 뜻입니다. 우리 하나님은 집을 나가 방탕한 아들을 기다리는 아버지같이 뜨거운 사랑으로 용서할 준비를 하고 계십니다. 그의 택한 백성을 이미 그리스도 안에서 사랑하셨습니다.

아직도 거리가 먼데 아버지가 그를 보고 측은히 여겨 달려가 목을 안고 입을 맞추니 눅 15:20

⁴ 곧 창세 전에 그리스도 안에서 우리를 택하사 우리로 사랑 안에서

그 앞에 거룩하고 흠이 없게 하시려고 ⁵ 그 기쁘신 뜻대로 우리를 예

정하사 예수 그리스도로 말미암아 자기의 아들들이 되게 하셨으니

엡 1:4-5

VI. 비판하기 전에 소유한 모든 데이터를 확인하고 그 데이터에 관한 해석을 바르게 정정하십시오.

매우 중요합니다. 우리는 먼저 모든 사실을 수집해야 합니다.

사연을 듣기 전에 대답하는 자는 미련하여 욕을 당하느니라 잠 18:13

여러분, 실제 잘 듣지 않는 사람들을 본 적이 있지 않습니까? 그들은 겉으로는 듣는 것처럼 보이지만 완전히 부적절하게 반응을 합니다. 우리는 완벽하게 들어야만 합니다. 항상 논쟁의 양쪽 말을 다 들으십시오. 결코, 간접적으로 전해 들은 의견이나 정보를 전적으로 신뢰하지는 말아야 합니다. 얼마든지 간접적으로 들을 수 있고 들은 바를 숙고하지만, 간접적으로 들은 정보를 무조건 신뢰하지는 마십시오. 부정적인 것이라면 특별히 더욱 그렇습니다. 검증하지 않으면 곧바로 정죄로 가는 유혹을 받기 때문입니다. 저는, 사람들과 문제를 해결할 때, 한쪽의 말을 듣고는 "저런!"이라고 말하며, 또 반대쪽 말을 듣고도 "저런!"이라고 말하게 됩니다. 각자 그 입장에서는 그럴 수 있기 때문입니다. 물론 이런 반응은 완전 동감의 판단을 표하는 것이 아닙니다. 각자의 입장을 잘 들었다는 표현입니다. 그런데 양쪽의 들은 바를 종합해 보면 양쪽 사람 다 나쁘다는 이야기가 됩니다. 그래서 우리는 양쪽의 사정을 다 들어야 합니다. 그러고 나서 모든 사실을 수집해야 합니다. 그러고 나서 수집한 사실들에 대해 성경적 관점에서 주의 깊게 생각하십시오. 저들의 입장에서 보고 저들의 처지에 내가 있다 여기고 이해하도록 노력하십시오. 깊고 넓게 생각하고, 긍휼히 여기십시오. 모든 사실을 주의 깊게 생각하십시오. 바른 해석으로 자료들을 분별하고 판단해서 결론을 내리십시오.

판단하기 전에 자신이 가진 모든 자료를 확인하고 그것을 바르게 해석해야 합니다.

VII. 사랑으로 판단하십시오.

　　말은 단순하고 쉽지만 실천하기는 어려운 것이 사실입니다. 매일 아침, 항상 도움이 되는 말이 있습니다. "나는 원래 마땅히 지옥에 갈 죄인이다!" 어찌 보면 하루를 시작하는 데 좋은 말 같지 않아 보입니다. 그러나 제게 도움이 됩니다. 제가 하나님의 놀라운 은혜로 구원받음을 확인하는 말이기 때문입니다. 그리고 구원받은 감격을 지속하게 해주기 때문입니다. 매일 그 하루를, 지옥 가기 마땅한 죄인의 낮은 자리에서 시작하는 것입니다. 또한, 일어나 십자가로, 곧 그의 은혜와 자비 앞으로 나아가는 것입니다. 그러면 저는 하나님의 임재 안에 있음을 압니다. 오직 하나님의 은혜임을 압니다. "나는 지옥 가기 마땅한 죄인입니다. 그러나 하나님은 나를 긍휼과 사랑으로 재판하셨습니다. 하나님은 나를 그의 아들 예수님을 통해 판단하십니다. 사랑으로 나를 보십니다." 우리 모두 이와 같이 할 때, 다른 사람을 십자가의 관점으로 볼 수 있습니다.

한 신학교 교수님이 하신 말씀을 잊을 수가 없습니다. "여러분이 교만해질 때마다, 자신의 오래된 설교를 들어보십시오. 그것이 여러분을 겸손케 할 것입니다." 사실 현재의 제 설교를 들을 때도 그것이 저를 겸손케 하는데, 하물며 예전 설교들을 생각해 보면, "와~ 하나님이 제게 주신 은혜가 얼마나 큰지요!"라고 말하게 됩니다.

마태복음 7장 12절은 말씀합니다. "그러므로 무엇이든지 남에게 대접을 받고자 하는 대로 너희도 남을 대접하라 …" 이 말씀은 비판하는 데도 똑같이 적용됩니다. 다른 이들에게 비판을 받기 원하는 만큼, 다른 사람들을 비판하십시오!

다른 사람들이 나를 비판하기를 과연 얼마나 바랍니까? 다른 사람들이 나를 비판하기 전에 그들에게 나를 최대한 완벽하게 이해시키길 원할 것입니다. 그들이 나를 판단, 비판하기 전에 적어도 나의 이야기를 할 수 있는 기회를 얻기 원할 것입니다. 안 그런가요?

우리는 역시 자신을 호의적으로 판단하는 데 빠릅니다. 이것이 바로 다른 이들을 판단하는 방법이 되어야 합니다. 어떤 판단도 내리기 전에 완벽하게 이해해야 합니다. 우리는 그들의 이야기에 귀를 기울여야 하고 모두 들어야 합니다. 그리고 모든 것이 수집되기 전까지는 긍정적으로 생각해야 합니다.

> 모든 것을 참으며 모든 것을 믿으며 모든 것을 바라며 모든 것을 견디느니라 It always **protects**, always **trusts**, always **hopes**, always **perseveres**. NIV / **Love bears** all things, **believes** all things, **hopes** all things, **endures** all things. ESV 고전 13:7

우리는 다른 이를 판단할 때 이 말씀을 적용해야 한다고 생각합니다. "**Love bears** (It always protects)"(사랑은 **참습니다**) 우리는 사랑으로 모든 것을 참으며 그들의 편에 있어야 합니다. 그들의 평판을 보호해야 합니다. 허물을 덮는 사랑으로, 그가 한 가지 실패로 매장되지 않도록 합니다. 그들이 혹 무언가 잘못했더라도 우리는 그들에 대해 긍정적으로 생각해야 합니다. "**Love believes**"(사랑은 **믿습니다**) 우리는 그들에게 귀를 기울이고 모든 자료가 수집되어 무언가 다른 결과가 보이기 전까지는 그들이 말하는 것을 믿어야 합니다. "Love hopes"(사랑은 소망합니다) 항상 가장 좋은 것을 소망해야 합니다. 희망이 없어 보여도 낙관해야 합니다. 하나님의 능력을 깊이 신뢰하는 믿음으로 저들을 믿어주어야 합니다. "Love endures"(사랑은 인내합니다) 인내하십시오. 사랑으로 낙관하십시오. 가장 좋은 결과를 바라십시오. 사람을 대할 때 결론적이고 **결정적으로** 말하지 말고 **잠정적으로** 말하십시오. 많은 데이터를 가졌을지라도 "네가 이렇게 했지?" 이런 식으로 말하기보다 간접적으로 표현하십시오. 예를 들어, "내가 잘못 들었는지 모르겠는데 내가 들은 게 이거야." 이런 식으로 말하십시오. 모든 사실을 완벽히 알아내기까지는 잠정적으로 말하십시오. 결론을 내어 생각하지 말고 다른 이들을 사랑으로 판단하십시오. 먼저 당신 자신에게 물어보십시오. 다른 사람들이 나를 비판하는 것을 내가 얼마나 원하는가? 그런 후에 다른 이를 생각하고 판단하십시오.

Ⅷ. 모르면 비판하지 마십시오.

거친 말이지만 지금은 "모르면 닥쳐라!"라고 말하겠습니다. 당장 저한테 하는 말입니다. 저는 항상 말을 많이 해야 합니다. 많은 사람을 상담하기 때문입니다. 어떤 이는 제게 말하려고 2년을 기다렸다 오기도 합니다. 그래서 저를 만나면 제가 무언가 말하기를 기다립니다. 그러나 저는 때때로 제게 말합니다. "야, 입 닥쳐라!"

여러분이 무언가 안다면 안다고 말하지만, 모른다면 모른다고 하십시오.

 그리고 항상 상황 전체의 그림을 가져야만 합니다. 스포츠에서 예를 들어보겠습니다. TV를 켰는데 미식축구 중계 중입니다. 처음 본 장면에서 리시버가 공을 놓쳤습니다. 그때 우리는, '이런 바보 같으니라고! 그것도 못 잡냐?'라고 생각하기 쉽습니다. 그런데 알고 보니 그 장면은 그 경기에서 유일하게 실수한 것이고 23번 중 22번이나 잡아냈다면 못한 것이 아니라 아주 잘한 것입니다. 그러므로 반드시 전체 그림을 볼 줄 알아야 합니다. 내가 비판하는 선수가 자기 분야에서 나보다 훨씬 더 잘한다는 사실을 알면 알수록 비판을 덜 할 것입니다. 혹시 선수 중에 실력이 좀 떨어지는 선수라 할지라도 적어도 나보다는 운동을 훨씬 더 잘한다는 사실을 인식하고 내 생각을 조절한다면 우리는 비난을 그칠 수 있습니다. 또, TV를 딱 켰는데 러닝백이 거꾸로 달리는 겁니다. 보는 순간, "이런 멍청한!"이라고 말할지도 모릅니다. 그러나 그것은 상대 수비를 피하고자 잠시 뒤로 달린 것이고, 이내 돌이키어 102야드, 즉 93미터나 되는 거리를 폭발적 스피드로 힘차게 달려 터치다운^{공을 가지고 상대편의 골라인을 넘어 득점}에 성공하는 놀라운 장면을 목격합니다. 이처럼 공을 놓치거나 뒤로 달리는 그 순간만을 보면 오해할 수 있겠지만 전체 그림을 보면 완전히 다른 상황입니다. 반드시 전체 그림을 봐야 합니다. 사람을 볼 때도 어느 한 가지만 보는 것이 아니라 그 사람이 진정 무엇을, 왜 하고 있는지에 관한 전체 그림을 볼 줄 알아야 합니다. 그리고 나서 판단을 해야 합니다. 그러니 모르면 섣불리 판단을 내리지 마십시오. 다음 주제도 이와 밀접한 이야기입니다.

IX. 알아보려는 마음 없이 사람을 비판하지 마십시오.

때때로 어떤 사람의 외적인 행동을 보고 그 사람을 판단할 수 있습니다. 당신이 그 사람을 잘 안다면 그럴 수 있습니다. 그러나 문제는 우리가 그 사람의 동기를 알지 못하면서 판단하는 것입니다. 어떤 사람의 동기를 알기란 매우 어렵습니다. 우리가 어떤 사람의 한 가지 행위를 보는 것은, 곧 그림의 파편 한 조각을 보는 것과 같다는 말입니다. 그런데 그것만으로 그 사람의 성품이나 동기를 판단합니다. 예전에 어느 교회에 한 설교자가 부흥회 강사로 왔습니다. 설교 전 교회 건물 밖에서 설교에 대해 생각하면서 입에 하얀 펜을 물었었는데 그가 예배당 안에 들어오자 대부분의 장로와 집사가 그를 매우 불쾌한 눈으로 쳐다봤습니다. 그들은 그의 설교에 귀를 기울이지 않았음이 분명했습니다. 장로들과 집사들은, 설교자가 입에 물었던 펜이 담배인 줄로 알았던 것입니다. 그래서 설교 후 그에게 따져 물었습니다. 어떻게 감히 담배를 피우고 설교를 할 수가 있느냐고 말했습니다. 설교자가 그 하얀 펜을 꺼내 보여주었을 때 그들은 얼마나 당황했겠습니까? 우리는 살면서 이같은 일을 많이 합니다. 한 사람의 전체를 보지 못합니다. 그런데 비판합니다. 나의 선택된 데이터를 이용해 교활하고 치밀하게 판단하는 과정이 있다는 것에 주의하십시오. 우리는 종종 다른 사람의 좋은 재능은 간과하고 부족한 면을 과장합니다. 이렇게 해서 그 사람의 좋은 성품과 재능은 꾸준히 저평가, 감소되고 궁극적으로 내 마음과 생각 속에서 완전히 소멸시켜 버립니다. 많은 경우 소문들은 대상에게 비판적인 사람이 관찰한, 그 대상인 사람의 지극히 단편적인 행동에서 시작합니다. 그런데 우리는 그에 대해 긍정적인 의견을 가진 다른 사람들의 말을 청취하지 않습니다. 또한 그로 하여금 어떻게 된 일인지 설명할 기회를 주지 않습니다. 오히려 그가 한 일에 관한 가장 나쁜 해석을 만드는 것을 좋아합니다. 우리는 좋은 면은 간과하고 나쁜 것에 초점을 맞춥니다. 그리고 그것을 더 나쁘게 만들고 강조하기 위해, 그 빈틈을 온통 추정과 가정들로 꽉 채웁니다. 그러고 나서 결국에는 그 사람을 나쁜 동기로 나쁜 짓을 한 사람으로 판단하고 비판합니다. 우리는 반드시 주의해야 합니다. 내가 선택한 데이터를 수집하는 데 일종의 절차와 과정이 있다는 것을 알아야 합니다.

우리가 타인을 잘 알지 못하면 비판하지 말아야 하는 이유 두 가지가 있습니다.

① 우리는 진정한 우리가 되고 있는 것입니다.

우리는 한 사람에 관해 생각할 때, 많은 시간 그의 죄를 생각합니다. 그러나 성경은 말하길 우리는 우리가 되고 있는 것이라고 합니다. 즉, 날마다 변화되고 있다는 말입니다. 우리는 변화된 우리가 되도록 약속되어 있습니다. 우리는 예수 안에 믿음을 가졌습니다. 그러므로 진정한 우리의 모습으로 점점 변화하게 되어 있습니다. 따라서 우리는 현재의 우리가 아니라 약속된 우리입니다. 그러니 믿음의 눈으로 소망을 가져야 합니다. 물론 실수를 범할 것입니다. 부딪히고 멍들 것입니다. 그러나 우리는 그리스도를 따르는 자들입니다. 우리 중 완벽한 자는 아무도 없습니다. 우리는 죄악의 욕구들을 가지고 있습니다. 그러나 하나님은 우리를 그의 자녀로 여기십니다. 그는 우리가 가고 있는 곳을 보십니다. 목적지의 우리 모습을 보십니다. 그러한데 어떻게 감히 다른 사람의 죄를 범한 행동에 기초해서 그 사람을 정죄할 수 있습니까? 정죄는 그리스도의 몸을 분열시키는 짓이고, 우리의 빛을 감소시키고, 소금의 맛을 잃게 하고 세상을 향한 사명의 매력을 잃게 하는 짓입니다. 나의 비판의 대상이 크리스천이라면 그들의 마음속에 일하시는 그리스도를 보십시오. 오늘 그들이 비록 악할지 모르지만, 내일은 아주 조금이라도 더 그리스도를 닮을 것입니다. 당신의 비판은 그 과정을 방해할지도 모릅니다. 그들을 호의적이고 긍정적으로 생각하십시오. 사랑으로 그들의 실수를 덮으십시오. 가장 좋은 것을 바라십시오. 그들과 함께 걸으십시오. 그들이 실수하면 그들을 사랑하십시오. 그들을 용서하십시오. 현재 그들이 어떠한가에 의해 결코 그들을 정죄하지 마십시오. 우리는 그들 미래의 결국을 봐야만 합니다. 우리는 진정한 우리가 되고 있는 것입니다.

② 우리는 다른 이들의 동기를 판단하는 법을 모릅니다.

혹시 당신이 어떤 이의 마음의 성향을 알지는 몰라도 그의 마음의 동기가 선한지 악한지를 결정적으로 알기는 어렵습니다. 하나님만이 확실히 아십니다. **나 여호와는 중심을 보느니라** 삼상 16:7 하나님은 우리의 외형을 보시는 것이 아니라 우리의 마음을 보십니다. 그리고 오직 하나님만이 우리의 마음을 정확히 아실 수 있습니다. 그런데 우리는 매번 나의 동기를 다른 사람에게 투영해서 그 사람을 판단합니다. 우리는 모든 사람이 나와 같다고 생각합니다. 심지어 하나님의 동기도 나와 같다고 생각하는 것이 인간입니다. 그래서 하나님이 선하시지 않다고 생각하며 이기적이라고 생각하는 사람도 있습니다. 그래서 교만한 사람은 앞에 있는 어떤 이를 볼 때, "오~ 그 사람 참 교만하다"라고 말을 잘합니다. 그리고 그를 정죄합니다. 왜인가요? 나라는 존재는, 다른 사람이 나와 같다고 생각하기 때문입니다. 다른 사람도 다 자기 같은 줄 압니다. 만일 나의 눈에 들보를 가지고 있으면 그것이 내가 볼 수 있는 전부입니다. 나의 들보가 이기심이라면 다른 사람을 볼 때 이기적인 들보를 가졌다고 말합니다. 마찬가지로 나의 눈에 교만의 들보를 가졌다면, 모든 다른 이를 교만의 잣대로 해석합니다. 진정으로 알지 못한다면 다른 사람을 비판하고 정죄하지 마십시오. 나의 대상이 크리스천이라면 주님이 그의 안에서 일하셔서 내일이면 그가 조금 더 그리스도를 닮을 것입니다.

X. 하나님은 정죄하는 마음을 사랑하는 마음으로
변화시키실 수 있습니다.

이것이 저의 소망입니다. 이 소망의 근거를 성경 말씀에서 볼 수 있을까요? 그렇습니다.

> [18] 또 **저주하기를 옷 입듯 하더니** 저주가 물 같이 그의 몸 속으로 들어가며 기름 같이 그의 뼈 속으로 들어갔나이다 [19] 저주가 그에게는 입는 옷 같고 항상 띠는 띠와 같게 하소서 시 109:18-19

다윗을 저주한 원수들의 악담 행위가 저들의 옷이 된 것을 말합니다. 자기들이 도리어 저주를 받게 되는 것을 말합니다. 저주와 악담은 그들의 습관입니다. 여기서 저주를 우리 자신의 죄, 곧 정죄, 교만, 이기심 등으로 대입하여 적용할 수 있습니다. 우리는 자기 의(독선self-righteousness), 불신앙, 자기 연민, 편견, 용서치 못함, 사랑의 결핍 등으로 옷을 만들어 입을 수 있습니다. 이것들이 우리의 습관입니다. 우리가 항상 하는 것들입니다. 의식 무의식 간에 항상 그렇게 하고 있습니다. 모두가 근본적으로 나의 죄성에서 나오는 것들입니다. 결국, 나 자신에게 해가 됩니다. 시편 109편 18절, "저주가 물 같이 그의 몸 속으로 들어가며 기름 같이 그의 뼈 속으로 들어갔나이다" 이것은 저들의 죄가 저들 존재의 핵심으로 깊이 들어감을 의미합니다. 19절, "저주가 그에게는 입는 옷 같고 항상 띠는 띠와 같게 하소서" 우리의 삶 속 죄악의 습관들은 우리가 입는 옷이 되는 것입니다.

우리가 그런 옷들을 벗어버리고 죄악의 습관들에서 자유로울 수 있을까요? 우리가 청결한 옷을 입을 수 있나요? 그렇습니다. 자, 이제 크리스천으로서 다른 옷을 입읍시다.

22 너희는 유혹의 욕심을 따라 썩어져 가는 구습기독인이 되기 전 생활 방식이 여기에 옷과 습관으로 묘사됩니다을 따르는 옛 사람을 벗어 버리고 23 오직 너희

의 심령이 새롭게 되어 ²⁴ 하나님을 따라 의와 진리의 거룩함으로 지으심을 받은 새 사람을 입으라 엡 4:22-24

어떻게 입나요? 우리의 주님 예수 그리스도를 통해서 입을 수 있습니다.

만일 우리가 우리 죄를 자백하면 그는 미쁘시고 의로우사 우리 죄를 사하시며 우리를 모든 불의에서 깨끗하게 하실 것이요 요일 1:9

우리의 모든 죄악의 옷과 습관을 벗어버리고 성령과 사랑의 습관으로 옷 입을 수가 있습니다. 이같이 옷들의 교체가 일어나야만 합니다. 죄짓기를 계속하고 독선과 불신앙, 자기 연민, 편견, 용서치 못함, 사랑의 결핍으로 옷을 입을 때 그것은 마치 영적인 콜레스테롤과 같아서 우리의 영적 심장의 동맥을 차단합니다. 영적인 심장 마비가 오면 영적으로 장애를 갖게 되는 것입니다. 그러면 하나님과의 관계와 다른 사람들과의 관계가 황폐화됩니다. 당신은 반드시 회개하여 마음의 장애를 없애야만 합니다. 그래야 하나님의 은혜가 당신의 대동맥으로 흐를 것입니다. 우리의 부패성으로부터 늘 죄가 넘치게 흘러나와 마음을 더욱 오염시키고 다른 악한 옷들을 입게 합니다. 그리하여 우리의 영혼으로 흘러 들어가는 하나님의 은혜를 막습니다. 자 이제 우리는 교만의 옷을 벗고 그리스도의 겸손으로 옷 입을 수 있습니다. 이기심의 옷을 입은 사람은 그 옷을 벗고 그리스도에 속한 옷을 입을 수 있습니다. 자기 의(독선)의 옷을 입은 사람은 그리스도의 의의 옷을 입을 수 있습니다. 의심과 불신앙의 옷을 입은 사람은 그리스도 안에서 확신의 옷을 입을 수 있습니다. 자기 연민의 옷을 입은 사람은 만족의 옷을 입을 수 있습니다. 편견의 옷을 입은 사람은 편견 없는 넓은 마음의 옷을 입을 수 있습니다. 분노와 용서치 못하는 옷을 입은 사람은 관용과 용서의 옷을 입을 수 있습니다. 사랑 결핍의 옷을 입은 사람은 사랑의 옷을 입을 수 있습니다. 여러분, 즉시 영적 동맥의 장애물을 없애십시오! 당신의 영적인 나쁜 콜레스테롤을 제거하십시오! 예수의 피가 당신의 혈관에 흐를 수 있고 그것이 당신을 건강하게 합니다.

자기의 죄를 숨기는 자는 형통하지 못하나 죄를 자복하고 버리는 자는 불쌍히 여김을 받으리라 잠언 28:13

무슨 말씀인가요? 당신의 죄를 숨기면 당신의 영적 혈관이 막혀서 형통하지 못하다는 뜻입니다. 그러나 죄를 자복하면 하나님의 긍휼이 당신의 마음으로 흘러 들어간다는 말씀입니다. 당신은 풍성한 은혜와 자비를 받을 것입니다. 은혜는 전적으로 하나님께서 주시는 것이지만, 수동적인 것만이 아닙니다. 은혜는 적극적으로 사모해야 합니다.

은혜는 우리의 능력이고 힘이 됩니다. 은혜를 받기 위해, 우리가 입는 옷이 되는 우리의 행위와 생활 방식과 습관이 중요합니다. 하나님의 은혜로 입게 되는 거룩하고 선한 옷들은, 일상의 옷뿐만 아니라 하나님의 나라를 위해 싸우는 우리의 **갑옷**이 됩니다. 진리의 띠가 될 것이고 의의 흉배^{호심경}가 되고, 성령의 검이 될 것입니다. 하나님의 은혜가 우리 영혼에 흘러넘치면 이렇게 되는 것입니다.

> [10] 끝으로 너희가 주 안에서와 그 힘의 능력으로 강건하여지고 [11] 마귀의 간계를 능히 대적하기 위하여 하나님의 전신 갑주를 입으라 [12] 우리의 씨름은 혈과 육을 상대하는 것이 아니요 통치자들과 권세들과 이 어둠의 세상 주관자들과 하늘에 있는 악의 영들을 상대함이라 [13] 그러므로 하나님의 전신 갑주를 취하라 이는 악한 날에 너희가 능히 대적하고 모든 일을 행한 후에 서기 위함이라 [14] 그런즉 서서 진리로 너희 허리 띠를 띠고 의의 호심경을 붙이고 [15] 평안의 복음이 준비한 것으로 신을 신고 [16] 모든 것 위에 믿음의 방패를 가지고 이로써 능히 악한 자의 모든 불화살을 소멸하고 [17] 구원의 투구와 성령의 검 곧 하나님의 말씀을 가지라 엡 6:10-17

맺으며

모든 기도와 간구를 하되 항상 성령 안에서 기도하고 이를 위하여 깨어 구하기를 항상 힘쓰며 여러 성도를 위하여 구하라 엡 6:18

　우리가 하나님의 말씀을 실천하려면 항상 기도해야 합니다. 그러면 진정 기도의 능력을 체험하게 됩니다. 우리의 기도로 일하시는 하나님의 놀라운 능력을 경험할 때 알게 되는 사실이 있습니다. 누군가를 향해 던지는 날 선 비난과 비판이 실제로 상대방을 변화시키지 못한다는 것입니다. 혹 그에게 세상적 두려움을 주어서 일시적으로 외형의 변화를 보이는 척하게 할 수는 있지만 사랑 없는 비판은 무능하다는 것을 깨닫게 됩니다. 대상의 진정한 변화를 일으키는 것은 하나님의 마음에 맞는 기도임을 배우게 됩니다. 용서와 사랑의 하나님께 순종하여 대상을 위해 진심으로 기도한 사람의 그 기도로 하나님께서 역사하셔서 변화시키시는 것임을 철저히 체험하게 됩니다.

하나님 앞에서 나의 죄에 대해 정당방위가 합리화될 수 없듯이, 하나님은 비판하는 내 마음을 보시지, 비판하게 된 내 마음 주변의 환경은 고려 대상이 아닙니다. 혹시 비판의 대상이 객관적 죄인이라 할지라도 그 죄인에 대한 하나님의 심판과 그 죄인을 욕하며 정죄하는 내마음에 대한 하나님의 심판은 철저히 별개의 문제입니다. 그 어떤 죄인의 범죄도 나의 죄를 정당화해 줄 수 없습니다.

하나님이 기뻐하시는 선한 분별은, '예수님의 십자가상 기도' 그리고 '스데반의 기도'와 같은 것입니다.

이에 예수께서 이르시되 아버지 저들을 사하여 주옵소서 자기들이 하는 것을 알지 못함이니이다 하시더라 그들이 그의 옷을 나눠 제비 뽑을새 눅 23:34 (사 53:12 참조)

예수님의 이 기도는, 저들이 끝까지 하나님의 복음을 반대할지라도 진리와 상관없이 저들을 구원해 달라는 의미가 아닙니다. 저들이 진리를 알 수 있도록 기회를 주서서 회개하고 구원받길 원하는 사랑과 용서의 기도입니다. 하나님의 용서를 모르는 저들이 용서받길 원하셨습니다. 저들은 자기 죄의 현실을 몰랐고, 자신들의 인생에 가장 필요한 것이 용서임을 몰랐고, 바로 눈앞에 있는 구원자를 몰랐습니다. 하나님이시자 사람인 예수님이 세상의 모든 죄를 감당하시고 십자가에 달리신 것을 몰랐습니다.

> 백성은 서서 구경하는데 관리들은 비웃어 이르되 저가 남을 구원하였으니 만일 하나님이 택하신 자 그리스도이면 자신도 구원할지어다 하고 눅 23:35

저들의 악함을 볼 수 있습니다. 그러나 예수님은 기도하십니다. "아버지 저들을 사하여 주옵소서" 저들에게 가장 필요한 것은 용서이기 때문입니다. 실상 영적으로 볼 때 우리의 죄 때문에 십자가를 지셨기 때문에 결국 우리도 예수님을 십자가에 못 박은 자들입니다. 마땅히 지옥 갈 죄인들입니다. 따라서 우리의 모든 죄를 용서받는 것은 우리 인생의 가장 큰 '필요'입니다. 그래서 예수님은 "아버지 저들을 사하여 주옵소서"라고 기도하셨습니다. 예수님은 단지 기도만 하신 것이 아니라 스스로 희생하셨습니다. 범죄자들을 용서하기 위해 십자가를 지셨습니다. 우리는 예수님을 따르는 자들입니다. 예수님의 본을 따라야 합니다. 사랑과 용서의 기도를 해야 합니다. 그리고 예수님처럼 희생의 자리에까지 나아가야 합니다.

그리스도를 본받은 사람이 있습니다. 스데반입니다. 돌에 맞은 스데반의 기도가 예수님의 기도를 닮았습니다.

무릎을 꿇고 크게 불러 이르되 주여 이 죄를 그들에게 돌리지 마옵소서 이 말을 하고 자니라 행 7:60

스데반은 자기의 원수를 사랑하여 최후까지 그들을 아꼈습니다. 진정으로 주님을 사랑하는 믿음의 소유자는 다 이렇습니다. 예수님의 마음을 닮은 이런 깊은 신앙의 기도는 응답되지 않을 수 없습니다. 바울의 회개도 스데반의 기도 응답이고 열매인 것입니다.

선한 분별은, 허물과 죄가 있는 누군가를 볼 때, 그리스도의 심장으로 안타까워하는 것입니다. 그리스도의 사랑의 눈으로 보는 것입니다. 그러면 손가락질하기 전에 불쌍히 여기게 되며, 그 마음은 우리를 기도로 이끕니다. 그를 위해 기도하는 것입니다. 내 속의 죄성에서 나오는 나의 의로움, 나의 옳다 하는 각종 논리들, 합리적인 의견들, 해결책들 그 모두를 누르고 전능하신 하나님께 맡기는 것입니다. 진정 그를 위한 기도만이 그를 변화시킬 수 있습니다. 이런 기도의 능력은 체험해 보지 못하면 알 수가 없습니다. 기도하라는 하나님의 명령에 순종할 때 알 수 있는 능력입니다. 순종의 능력입니다. 실제 악한 자들일지라도 함부로 정죄하지 않고, 오히려 그들을 위해 선한 기도를 하는 것입니다. 선으로 악을 이기는 방법이 이것입니다. 악에게 지지 말고 선으로 악을 이기라 롬 12:21 그리고 진정한 조언을 하려면 대면할 때, 진정 사랑으로 하십시오. 주님께 의지하는 마음으로 만나십시오. 나의 마음과 입술을 주님의 사랑과 진리로 주관해달라고 기도하며 나아가십시오. 하나님의 지혜로운 말씀을 담아 달라고 구하십시오.

> 너희가 진리를 순종함으로 너희 영혼을 깨끗하게 하여 거짓이 없이 형제를 사랑하기에 이르렀으니 마음으로 뜨겁게 서로 사랑하라
> 벧전 1:22

물론 현저히 하나님을 대적하는 골리앗을 향한 다윗의 의분과 같은 마음을 우리도 품을 수는 있습니다. 하나님의 영광을 위한 다윗의 의분은 하나님을 중심으로 한 성결인 것입니다. 그러나 구약시대 신정국가의 대표자들에게 하나님께서 그의 공의로운 심판을 대행하게 하신

일은 오늘날 우리에게는 해당하지 않습니다. 그러므로 하나님께서 아주 내어버리실 하나님의 원수로 보이는 간사하고 불의한 자를 대하여라도, 그를 심판하실 분은 오직 하나님이시기 때문에 성도는 이런 사람을 대하여는 기도로 하나님께 고소하는 것입니다. 이런 사람은 우리의 개인적 원수가 아니고, 주님을 미워하는 천국의 공적(公敵)으로서 극악하여 회개할 소망이 없고 하나님께서도 원수로 여기시는 괴악한 자입니다. 이러한 자들이 존재합니다. 다만 우리로서는 누가 이런 자라고 속단하기 어렵다는 사실에 주의해야 합니다. 또한, 성도는 결코 자기의 이기적 욕구를 채우려 하다가 생긴 개인적 원수를 하나님 앞에 고소하거나 저주하지 않습니다. 회개할 여지가 있는 보통 악인들을 심판해달라고 요구하거나 정죄하는 것은 불의(不義)이고 교만입니다.

우리의 신앙생활에서 판단과 분별은 반드시 필요합니다. 하나님의 뜻에 맞게 판단하고 분별해야 하나님의 뜻에 합당한 삶을 살 수 있고, 다른 이들에게 영향을 미칠 수 있고, 소금과 빛의 역할을 할 수 있기 때문입니다. 그러나 이는 그리스도를 머리로 하는 교회를 세우기 위함이지, 결코 분열의 원인이 되면 안 되는 것입니다.

한 몸 된 지체 안에서, 교회 안에서 참으로 덕을 세우는 방법은 서로 정죄하지 않는 것입니다. 정죄하지 않고 진리를 전해야 할 때, 덕을 세우고자 하는 뜻을 세우면, 그 방법도 선하고 아름다워야 합니다.

항상 하나님께 지혜와 능력을 구하십시오.

　이제 우리는 비판하고 싶을 때나 이미 비판하고 있을 때 먼저 자신을 돌아봐야 합니다. '내가 사랑하는가?' '내가 진정 저 사람의 긍정적 변화를 원하는가?' '내가 진정 저 사람을 위해 기도하는가?'

　사랑은 믿는 것입니다. 믿어주는 것입니다. 누구를 향해서든 믿음의 눈으로 보는 것입니다. 알에서 새소리를 들을 수 있을 것입니다. 그래서 긍정의 축복을 할 것입니다. 변화될 것을 믿고, 이미 변화된 자로 대할 것입니다. 긍정의 선포로 상대방을 위해 기도할 것입니다. 그러면 실제 그렇게 변화시키는 하나님의 놀라운 능력을 체험할 것입니다. 사랑은 사람이 거듭나면 점점 변화되고 있다는 사실을 인정할 것입니다. 그러므로 비판 전에 내가 얼마나 진심으로 기도했는지 살피고 평가해야 합니다. 그 누구를 향해서도 그가 나쁜 사람으로 남기를 바라지 마십시오. 긍정의 선포를 하십시오. 나의 부모, 자식, 형제, 자매, 친구, 동료, 상사 등 나의 주변 사람들을 향해서 실천을 시작하십시오. 상대방의 의도를 해석할 수 있는 한 최대로 선하게 보십시오. 그러면 진정 변화되는 상대방을 보게 될 것입니다. 믿음대로 이루어지는 것을 목격하는 축복을 받습니다. 이제 우리는 상대방을 볼 때, 우리의 이기적 욕구를 최대한 줄여가도록 노력할 것입니다. 누구나 영적으로 약하면 지금 내가 보는 그 사람처럼 그럴 수 있음을 이해하게 될 것입니다. 그가 잘되길, 사랑의 마음으로 인내하고 기다릴 것입니다. 이것이 선한 분별입니다. 정죄하면 안 됩니다. 사실 정죄할 수 없습니다. 왜인가요? 그는 변화될 것이기 때문입니다. 하나님은 약한 자를 들어 쓰십니다. 현재 정죄하는 나보다 그가 더 가능성이 있을 수도 있습니다. 하나님이 그를 사랑하시며, 그는 부족해도 하나님이 들어 쓰시는 사람이라는 것을 잊지 마십시오.

우리는 영적인 옷(경건한 옷)의 관점으로 말하면 벗은 자들입니다. 그래서 우리는 미약하고 무력합니다. 죄의 더러운 옷을 입고 있기 때문입니다. 우리의 죄악된 습관들이 온통 우리를 두르고 있습니다. 우리 주위를 두르고 있는 죄악의 옷으로 인해 마치 미라와 같습니다. 우리의 죄를 숨기면 형통하지 못할 것이라고 성경은 말씀합니다. 반면 죄를 자복하고 버리는 자는 불쌍히 여김을 받으리라고 말씀합니다.

> 자기의 죄를 숨기는 자는 형통하지 못하나 죄를 자복하고 버리는 자는 불쌍히 여김을 받으리라 잠 28:13

당신에게 힘을 주시는 하나님의 자비가 당신의 마음에 흘러넘치게 하십시오. "오~ 예수님의 은혜가 이 정죄하는 사람을 사랑하는 사람이 되게 하소서!" "하나님의 은혜가 나의 마음에 흘러넘쳐 영적인 나쁜 콜레스테롤을 제거하소서! 하나님의 나라를 위해 우리를 강건하게 하소서! 나의 마음이 하나님과 그의 백성을 위한 사랑으로 가득하게 하소서! 하나님의 은혜가 내게 넘치게 하소서! 우리에게 하나님의 은혜와 사랑의 옷을 주소서! 그리하여 그것이 하나님의 나라를 위한 영적인 갑옷이 되게 하소서!"라고 기도하십시오. 우리는 형제자매를 사랑하기 위해, 하나님 나라를 위하여 싸우기 위해, 다른 사람을 위하여 죽기 위해, 진리의 띠, 의의 호심경^{흉배}, 구원의 투구를 입고, 성령의 검으로 옷 입을 것입니다. 그러면 우리는 세상에서 소금과 빛이 될 것입니다.

기도하겠습니다.

당신의 죄를 주께 고백하십시오. 죄를 숨기지 마십시오. 죄를 외면하지 마십시오. 자신의 마음을 하나님의 말씀으로 반드시 평가하십시오. 그리고 자복하십시오. 그러면 형통할 것입니다.

"하나님의 긍휼과 은혜가 제게 흘러넘치고 저를 살아나게 하소서!" "저의 심장이 그리스도를 향해 고동치게 하소서!" "하나님을 향해 열정이 넘치고 십자가를 바라보며 뜨겁게 예배하게 하소서! 심장이 요동치고 저의 눈에 눈물이 흐르게 하소서! 하나님을 향한 마음의 증거로 뜨거운 눈물이 흐르게 하소서!"라고 기도하십시오.

또한 "주님, 저를 사랑의 사람으로 만들어 주소서! 저를 변화시키소서! 저는 너무도 이기적입니다. 세상이 문제가 아닙니다. 제가 문제입니다. 불신자들은 아직 그리스도의 실체를 모릅니다. 그렇다 해도 세상에서 볼 수 있는 그리스도의 모습을 발견할 수가 없습니다. 왜냐하면, 제가 나쁜 본이기 때문입니다." "주님, 저를 변화시키셔서 더욱 주님을 닮게 하여 주소서! 그래서 제 주위 사람들이 저를 볼 때 당신을 볼 수 있게 하여 주소서! 주님, 제가 다른 사람들을 정죄하지 않고 사랑하게 도와주시옵소서!"라고 기도하십시오. 그러면 하나님의 긍휼과 은혜가 당신의 마음에 흐를 것이고 당신에게 새 옷을 줄 것입니다. 그리고 우리는 그리스도를 위한 군사가 될 것입니다.